ちくま学芸文庫

魂の形について

多田智満子

筑摩書房

目次

本書は、一九九六年三月二十五日に白水社より白水uブックスとして刊行された。文庫化にあたり、明らかな誤りは適宜訂正し、ルビを増やした。

魂の形について

いかにはるかに顕たりしものかたましひの樹木に透る風となるまで

山中智恵子

1　たま　あるいは　たましひ

霊魂について語るといっても、もちろん宗教にかかわるわけではなく、また、哲学的な問題に立入るわけでもない。ここで話題となるのは魂そのものではなく、魂の形である。というよりはむしろ、昔から人々が魂なるものを、具体的にどんな形で表象してきたか、ということである。そして具体的にとは、つまり、丸いとか、羽根が生えているとか、あるいは形がなくて風のようだとか、そういう単純な意味だと考えて頂いて差支えない。また、形はおそらく質料（ヒュレー）に対する形相（モルフェー）の意味であろう、と深読み、あるいは誤解して頂いてもまた一向に差支えない。

もちろん霊魂などというものは誰にも見えないものであるから——もっとも、誰にも見えないかどうか、この点は多少の留保を必要とするが——そんなことははじめから考えない、という立場は昔からあった。「怪力乱神を語らず」とした孔子の態度はその典型的なものだ。つまり分らないことは判断中止して、エポケーに入れておこうというのである。現代人の大多数はこの範疇に入るであろう。何しろ私たちはあまりにも忙しいので、霊魂などという、あるかないかも分らぬもの（！）は、それのスペシャリストである宗教家か、よほどの閑人にでも任せておこうということになる。ところで、昔の閑人の代表者であった――というのは学者とは閑暇（スコレー）をもつ人のことであったから――アリストテレスはこんなことを言っている。

> 知識は美しく貴いものの一つであって、そして或る知識は他の知識にくらべ、あるいは厳密さによって、あるいはより優れてより驚嘆すべき事物の知識であることによって、一層そのようなものであると我々は考えるから、この両方の理由によって、霊魂についての研究を最上位の学の一つに数えるのは当然であろう。

『霊魂論』冒頭のこの文章は、霊魂研究のための最上のアポロギアであるが、残念ながら、このような高尚な研究は、もうかなり以前から、時代おくれになってしまった。生物のアルケーとしての霊魂の学は、生物学、心理学、精神医学等々に分化してしまい、霊魂という語そのものも、何やら時代錯誤的な、うさんくさい響きを帯びるようになった。

ニーチェが告げたように神が死んだのであるなら、神と共に霊魂もまた滅んだといえるのかもしれない。おそらく私たちは、昔の人々が生きていたのと同じようには、生きていないのであろう。私たちは霊魂ぬきで生活している。少くとも、霊魂をもたぬかのように、生きているのである。「生活？　そんなものは召使に任せておけ」と言ったどこかの国の才人をまねて、霊魂？　そんなものは未開人に任せておけ、と言い放っておくべきだろうか。

むしろ私たちは未開人にたずねなければならないだろう。未開人あるいは古代人から、彼等が魂についてどんな表象をもっていたかをきき出さなければならないであろう。彼等こそは、ひとりひとりが、未だ抽象もされず捨象もされぬ、感じられるがままの生きた魂の専門家であったのである。

*

ことばの語源は、しばしば、原始的な思考をよく説き明かしてくれる。特に日本語の場合、霊魂の語源学（エティモロジー）はとりも直さず霊魂の形態学（モルフォロジー）である。

やまとことばで、霊魂はたましひあるいは単にたまである。

語源説は昔からいろいろあり、私が調べたのだけでも十以上あって、どれが本当なのかさっぱり見当がつきかねるが、一番もっともらしいのが、「玉し火」つまり球形の火である（『和訓栞』『雅言考』がこの説をとっている）。いわゆる人魂（ひとだま）はこの形をしている。オレンジ色あるいは蒼白色の、ぼうっとした微光を発する球状のもので、これの目撃者は無数にいる。私の知人でも人魂を見た人は五人以上いるので、大ざっぱに推定しておよそ二十人に一人は人魂を見ているのではないだろうか。

現代人でもこれだけ見ているのだから、昔の人はもっと見たのではないかと思うが、人魂などは出てあたりまえぐらいの自然な現象で、特筆すべきものでなかったのかもしれない。物語や怪異譚の類ではなく、記録に出てくる人魂としては『更級日記』のが古い方であろう。日記の作者の夫は天喜五年七月末、信濃守に任ぜられ、妻を残して任地にくだる。途中まで見送った人々が帰ってきて、「このあかつきに、いみじく大きなる人魂のたちて、京ざまへなむ来ぬる」と語る。そして夫は九月下旬から病を発し、十月五日、信濃で卒するのである。人の死ぬ前に人魂が体を離れるという俗信は当時から行われていたもので、平安の女性としても特に信じやすいたちであったらしいこの菅原孝標ノ女なる人は、この人魂が夫のものと信じたのかもしれない。

昔から無数の人々の目撃したこのいわゆる人魂が果して魂そのものなのか、そうでないまでも魂と何らかの関係をもつのかどうか、これは答えの出にくい問題だけれども、臨終の人の付近、あるいは死者の出た家の付近によく見られるところから、これが肉体を去った霊魂と考えられたのも当然であろう。いわゆる離魂、あるいは遊離魂である。そして遊離魂でないかぎり、つまり生者の肉体に内在しているかぎり、霊魂は形象として考えにくいし、また、目に見える可能性もありえない。

ところで、日本のたましひは、球体として完結していないで多かれ少なかれ尾を曳いている。動くので尾を曳くように見えるのだろうが、幽霊の画にそえて描かれてある陰火の形と似ているようだ。「たましひはたましりひきの略である。魂が飛ぶ時には必ず光のしりひきがある故に」という、こじつけみたいな語源説（『名語記』）が生れる所以であろう。

要するに魂——と人々の考えたところのもの——は球形で、しかも尻尾のようなものを曳いているらしい。

貴石で造られた古代の玉は当然魂と関係があるが、特に日本特有の勾玉（まがたま）の形は、もしかすると尾を曳いたたまに相当する形ではなかろうか。またここで思い浮かぶのは「玉の緒」という古語である。和歌では「絶える」の枕詞としてよく用いられるが、もっとはっきり命そのものを指す場合も多い。百人一首の「玉の緒よ絶えなば絶えね……」の玉の緒はまさしく命である。というよりもむしろ「魂が身から離れないように、つなぎとめておくヒモ」という玉の緒の原義に近いようである。

つまり、たまを肉体につなぎとめておく緒が断たれたら、たまは肉体から遊離し、人は死ぬのである。しかも、玉の緒は、ただつなぎとめるためのヒモという消極的な役割をもつだけではない。どうやら、個々の人間は、宇宙的霊気であるところの神の魂ないし命を頒ちもっている存在、と考えられていたふしがあるが、その神がエマナチオの主体として霊魂を放射していたとすれば、個々の人間がそれを感受し、個体内にその霊的エネルギーをとりこむ、まさにそのためのアンテナとしても、玉の緒ははたらいていたと想像される。

ともあれ、玉の緒がいかに重視されていたかという例証として、

怒る←—玉の緒凝る

慴える←—緒冷える

恐れる←—緒逸れる

なのであるという語源説をどこかで読んだおぼえがあるが、誰の書いたものかも忘れたし、これが語学的に根拠のあるものかどうかもたしかめていない。少くとも大日本国語辞典などにはこんな語源説は言及されていないようだから、牽強付会の説かとも思うが、なんとなく辻褄があっていておもしろい発想である。

玉の緒ということばから、私は古代エジプトのアンクというものを連想するのだが、

あまりに突飛な思いつきに過ぎようか。アンクは「生きる」あるいは「生命」の意味で、その象形は☥であるが、これは元来「サンダルの緒」を意味した。音が同一であるために、仮借によって、「生」を示す文字として使われているという。しかし、たとえば家を出るとき履物の緒が切れるのを不吉としたような、そんな感じ方がもし古代エジプトにもあったとしたら、「緒(アンク)」と「生命(アンク)」との関係は、単なる同音異義だけではすまないと思う。ともあれ、☥(アンク)という形は、エジプト人の最も重んずる護符、呪符のひとつであったのである。

わが国に話をもどすと、玉の緒のように概して不可視のヒモが観念されていた一方、神の霊気を感受する可視的なアンテナとして、髪の毛が存在した。一説によれば「髪の毛」は「神の気」なのだそうである。

髪の神秘性、霊力の信仰は洋の東西を問わず昔から根強い。旧約聖書に語られるサムソンの超人的な力は髪に宿っていたし、わが国では一般に女の髪は象をもつなぎとめることになっていた。孫悟空は強敵と闘うとき分身の術を用いることがあるが、これは——猿だから髪の毛といわず単に毛というが——毛を引抜いてフッと息を吹きかけると、毛の数だけの悟空の分身が現れるのである。これは二重の意味で興味ぶかい。つまり、気息は、息が絶えれば死ぬところから、命あるいは魂と同一視されることが多いので、この場合、気息の霊力が髪の毛の霊力にいわば化学的に作用して、相乗効果をあげているからである。

わが国上代では、貴人の葬儀のとき、埋葬の前段階としての殯宮(もがり)に際して、死者の髪を解くならわしがあったが、これは生者たちの呼びかけや祈りに感応しやすいように、という配慮からなされた処置であった。『古事記』の中でも死せるイザナミは髪を解かれている。

また『アエネイス』巻三、ヘレノスの予言の条(くだ)りに記されたように、古代ギリシアでも予言者は聖装の額のヘアバンドを解いて、髪を自由に解き放つのが、神に憑かれる準備の一つであった。同書巻四の終段では、ユノーの命をうけた使神イーリスが、自刃した瀕死の女王ディドーの前髪を切る。すると

たちまち体のぬくもりが女王の身うちから流れ出(い)で、命は風に去ってゆく

ここでは髪はまさに「玉の緒」である。

このように可視的な玉の緒であり、生者の呼びかけや神霊を感受するアンテナでもあるからには髪の毛は大いに尊ぶべきものであったが、その反面東南アジアでは、悪霊は髪にとりつくという俗信が根強く、カンボジアでは、結婚式のとき男女とも髪の一部を切って厄よけをする風習があるときいた。僧侶の剃髪もこの文脈で説明されうるであろう。

玉の緒や髪の毛が出たついでに、少し話が横にそれるようだが、日本語ではむすぶという動詞が、どんな外国語にも見当らない重要な意味をもっていることも考えておきたい。

むすぶといえばまず具体的にヒモ状のものが連想されるが、もっと観念的に、たとえば縁をむすぶ、契（ちぎ）りをむすぶ、など、人と人との重大なかかわり方がこの動詞によって示される。そのほか、結という漢字を当てられないむすび方がある。たとえば手に水をむすぶ（掬ぶ）など。

御飯を握ってつくる三角形の食物を、おにぎりならわかるがどうしておむすびというのか、ふしぎなことだとかねがね思っていたが、「むすんでひらいて」という童謡を或る日耳にしてこの謎が解けた。むすんでひらいてとは、つまり手を握ったり開いたりという意味に他ならないので、おにぎり即おむすびで何の不都合もなかったわけである。

ことばの上だけでなく、一般に日本文化では、むすび目あるいはむすび方というものが重要な意義をもっている。たとえば紅白や黒白の水引は慶弔それぞれの場合に応じた結び方があるし、〆縄の結び目などは最も曰くありげである。また、髪や帯の結び方で年齢や身分が示される。理髪師を髪結いと呼ぶのは、日本だけであろう。

昔、結び松といって、契りあるいは願いごとのために、松の枝を結んでおく習わしがあった。万葉集の有間皇子の歌は結び松の有名な例であろう。

磐代（いはしろ）の浜松が枝をひきむすび　真幸（まさき）くあらばまたかへりみむ

これは折口信夫によれば、「磐代の神に〔皇子が〕霊魂の一部を分割して与へられた時に詠まれたものである。『浜松が枝を引き結び』と言ふ事は、浜松の枝に自分の霊魂の附著したものを結びつけられた意で、松の枝に鎮魂的な処置をしたことになる。」

謀叛の罪のために曳かれていった悲運の皇子は、磐代を過ぎて、牟妻(むろ)の温泉に滞在中の斉明天皇ならびに皇太子に対面した後、磐代の神に祈願した通りふたたび磐代の松を見ることができたが、そこを通過して間もなく山中で絞殺された。当然牟婁で殺されるはずの皇子をともかくも磐代まで無事に連れてきたのは「さうしなければ、皇子の祈願を受けた磐代の神が神としての権威を喪失して了ふと考へてゐたからである」と。ついでながら、有間皇子を殺した側の斉明天皇自身、若い頃、夫の舒明天皇と牟婁の温泉へ行ったとき、やはり磐代を通って詠んだ歌がある。

君が齢(よ)も我が齢(よ)も知らむ磐代の岡の草根をいざ結びてな

これも磐代の神への挨拶である。
むすぶことがかくも重要なのはなぜか。もしかすると、魂が玉に緒をつけた形をしているために、緒の部分同士結びあわせることが、人と人とを文字通り結ぶことになるのではないだろうか。アンテナとアンテナのふれあい、さらにむすびあいとなれば、これは交感あるいは共感以上の、もっと直接的な一体化をもたらすであろう。縁をむすぶ、契りをむすぶという日本語は、どんな外国語も表現不可能な、ぬきさしならぬ濃(こま)やかな関係を指示しているように思われる。

さらにまた、神々の名にも、たかみむすびの神、かむむすびの神など、様々なむすびの神があり、この場合、産霊(むすび)の字を当てるからには、むすぶが霊的な生産の行為をあらわし、生の根源に深くかかわるものであることはおのずから明らかであろう。むすびは魂の行為なのである。

興味ぶかいことに、古代インドでは、日本の場合と反対に、むすびが死の観念に連合している。ヴァルナ、ヤマ、ニルリティなど、死や冥界に関係の深い神々は、紐あるいはかせによって人間の魂を束縛する。ヴェーダなどの讃歌にしばしばうたわれている「ヴァルナの紐」は、畏怖すべき死のかせである。

さて、たましひを漢字で表記すれば魂である。霊魂という語もあるし魂魄(こんぱく)という語もある。

中国では昔から、人が死ねば魂魄離散して、魂ははるかな故郷の天に還り、魄は本籍の地下に帰して、鬼、すなわち冥界の住人となる、と考えられていた。魂はいわば精神的なたましひ、天上的なものや美にあこがれるイデア的なエロスであり、魄は肉体的なたましひ、みにくい欲望や執念である。もっと陰陽説風に整理していえば、魂は天の陽気、魄は地の陰精で、この魂と魄とが集って人となり、人死ねば魂と魄とは離散して、それぞれ天と地に帰る。まことにきれいな二元論である。

しかし、生前精気の強すぎた人や、横死を遂げた人の場合は、魄の執念が強く、魂をとらえて放さないため、魂は天に帰れない。その結果、身体は死んでも魂魄離散せず、いわゆる沈魂滞魄の状態となって天地の間を彷徨する。これがいわゆる幽霊である。

芸術学者の故小林太市郎氏が書いておられたことだが、魄はかなり大きい赤か黄のひとだまとなって、尾をゆらゆら曳きながら次第に地におりるように漂い、魂は小さい青白いたまとなってすーと天に上ってゆくのだそうである（『芸術の理解のために』）。

氏はこの魂魄＝ひとだま説をかなり本気で信じているらしく、ルオーの画に描かれたオレンジ色と青白色のひとだま（？）と、上記の東洋のひとだまとが類似であることから、古今東西に普遍的なひとだまの客観性を擁護しておられる。

私も小林氏に影響されて、ひとだまを目撃したという人に逢うと、色や形や大きさ、うごき方などをたずねてみているが、オレンジ色の大型のを見たという人が大部分である。うごき方は眼の高さか、ないしは地上二、三十米のところを、ほぼ水平にすうっと通りすぎたというのが多い。例の更級日記の「いみじく大きなる人魂」もおそらくこの種のオレンジ色をして、京都の方向へ漂って行ったにちがいない。

ひとだまが見える見えないは、もしかするとチャンスの問題というよりは素質の問題なのかもしれない。同じ場所に居合わせても見えない人には見えないらしいからだ。幽霊の場合にはたしかに素質が決定的である。

私自身は見えない種族に属しているようだ。というのは、数年前、私の家でこんな事件があったのである。

私はそのとき他出していて家にいなかった。当時中学生だった息子が親しい友だち三人と、学校から帰って遊んでいたのだが、私が帰宅してみると、男の子四人、ただならぬ顔色で、薄暗くなりかけた家の中で息をのんでいる。私の顔をみるや否や、階段の中途のところにおばあさんの幽霊が立っている、というのである。私はすぐ階段をのぞいてみた。何も見えない。

誰が見たの、ときくと、A君が見た、という。B君にも見える、という。C君と私の息子には見えないのである。その階段は玄関から二階へ一直線に登るのではなく、中途で壁に突当るような形で、二つ折れになっている。その曲り角の壁際に、幽霊が、こちらに背を向け、壁の方を向いて立っている、という。あれが見えないのかなあ、とA君が低い声で指さして見せる。暗紅色の壁紙で覆われた壁面に、琵琶の細工物をあしらった小さな額がかかっていて、その額のあたりに顔がある、という。どんな顔なの、とたずねてみても、よくわからない、とこたえる。でもおばあさんだということはわかる。和服をきていて、その色柄はよく分らないが、白っぽいこまかい模様があるみたいだ、というのである。B君の証言もほぼこれと一致している。

じつはその少し前、私の母が東京で亡くなり、私がその死に目に逢えなかったという事実がある。私はA君とB君とがそのことを息子から伝えきいて、しめし合わせてかついでいるのではないかと疑ってみた。しかし色々な情況を綜合してみると、どうもいたずらではなさそうだ。それよりむしろこの二人が、常日頃から、一種の超能力あるいは霊力の持主であるらしいことが、私には気がかりだった。

A君は、じっと目をこらすと、人の右肩から首の辺りにかけて、白っぽい光の帯のような、あるいはもやのようなものが見えるのだそうだ、ということはかねがね息子から聞き及んでいた。いわゆるaura（オーラ）の一種であろうが、その不思議な視力ゆえに息子はA君を尊敬していた。私は、幼くして父を失って不遇な、しかも成績優秀ならざるA君が、信じやすい子供の人気をとるために考え出した嘘言ではないか、と勘ぐったくらいなのである。B君もまた超能力者で、五円玉を机の端からひもで吊して、それに手をふれずに、意のままに振子のように揺らすのを息子は目撃しているのである。この二人の超能力少年が真顔で口をそろえて証言しているのだから、いくら私に見えないからといって、その幽霊の存在を真向うから否定するだけの自信は私にはなかった。

やがて、彼等二人によれば、幽霊は消えうせた。A君の解説によれば、あの幽霊は、悪意や怨みをもって出てきた霊ではなく、なつかしんで出てきたような感じだ、ということだった。

その晩、私は東京の姉に電話してこの事件を話した。怪力乱神を論じたがらない姉は、精一杯の落着きをみせて、この幽霊を、二人の少年の異常な神経のせいにした。

電話を切って半時間ほどして、こんどは姉から電話がかかってきた。母の亡くなった日からかぞえて、今日はちょうど百ケ日だ、と知らせてきたのである。

そのあと、一月ほどして私が上京したとき、姉が語ったことだが、神戸の私の家でこの事件があった数日前、東京の姉の家でもじつは幽霊さわぎがあったのである。午前十時頃、御用聞きにきた出入りの魚屋の若主人が真青になって勝手口に飛びこんできた。御隠居さんがあじさいの茂みのところに立ってる、というので、姉がすぐ庭に出てみたが何も見えなかったというのである。その魚屋は半年前にまだ働き盛りの父親を亡くし、二十歳そこそこで一家を支えねばならず、少しノイローゼ気味だったから、そんな幻覚を見たのだろう、と、例によって合理主義者らしい解釈であるが、姉自身、その解釈で満足している顔付きではなかった。
「見えないものは存在しない」とは限らないのは「見えるものは存在する」とは限らないのと同様で、見える種族に属するらしいA君B君および魚屋と、見えない種族に属する私や息子や姉と、どちらの視力を信ずるかというようなことは、これまた判断を差控えてエポケーに入れておくべきなのかもしれないが、決定的な判断の禁じられた地帯では、様々の憶測や仮説がはびこりやすい。しかし、はっきり言っておかなければならないが、真に見える種族かどうかということは、じつは、幽霊や人魂が見えるかどうかということと、ほとんど関係がないのである。

再び魂魄という語にもどろう。

さきほど私は、魂は天の陽気、魄は地の陰精、と二元論的に整理された定義を記したが、漢字としての語源からすれば、少くとも魄の方はかなりちがったニュアンスをもっている。藤堂明保氏著の『漢字語源辞典』によれば、魂は「陽気なり、鬼十云声」とある。「もやもやした気体のようなたましいをいう。」そして単語家族としては、魂は雲や熏と同族で、「もやもやとこもる」という原義をもっている。

次に魄は、「陰神なり、鬼十白声」とある。もともとは「人間の体をさらして白骨の全体の残ったもの」で、白い意を含む。他に、人間の形体を魄といった（人生れて始めて化するを魄という——『左伝』）が、これは派生義である由。

之を要するに、魂はもやもやした雲状あるいは煙状の気体的なもの、魄は野晒しの骸骨の如きもの、ということになろうか。

ところで魂も魄も共に鬼という文字を主な要素にしているが、鬼とは何だろうか。一般に死霊を鬼というらしいが、（わが国のオニは多少ジャンルを異にする）「庶民の廟なくして死するを鬼という」とする『礼記・祭文』の定義が原義に近い。魂魄を鬼というのは天地に帰すの帰からきている、と新井白石が説いたのは（『鬼神論』）「人の帰するところを鬼となす」としている『説文』などの、後世の解釈をひき継いだものであろう。藤堂氏によれば、鬼という字はもとは亡霊の丸い大頭の形象だったのだろうと。

ともあれ、中国の魂魄説は日本にも大きな影響を及ぼしたらしく、魂魄という語は文学作品の中によく見かけるが、必ずしも語義が統一されておらず、漠然とした使い方がされていることが多い。しかし、一般に、芝居がかって「魂魄ここにとどまりて」という場合のように、魂魄離散せず地上にとどまれば必ず人にたたるだけの死霊的ポテンシャルはもっていると想像されていたようである。

正統的な魂魄二元論の典型的な詩句としては、晩唐の詩人韋荘の『悼楊柳妓』と題する七言絶句がある。そのはじめの二行を引用しておく。

魂帰寥廓魄帰煙
只住人間十八年

魂は寥廓すなわち蒼天に帰し、魄は煙となる。この魄は肉体的たましひというよりもむしろ『左伝』の定義に近く、「人間の形体」という即物的なものをも含めているような感じがする。日本では能の『箙』(えびら)の中で、後シテ梶原景季(亡霊)のことばに、「魂は陽に帰り、魄は陰に残る」というのがあるが、この魂魄もはっきりと正統のタイプに属するものであろう。

2　何を以て羽翼有るや

韋荘という人は魂を詩的形象として用いるのを好んだとみえ、前掲のとは別の詩にこんな句がある。

旅夢乱随瑚蝶散
離魂漸逐杜鵑飛

夢と胡蝶の連想はおそらく『荘子』斉物篇の有名な胡蝶の夢（「知らず、周の夢に胡蝶となりしか、胡蝶の夢に周となるかを」）をふまえていると思われるが、この一聯の対句の中では、旅寝の夢と離魂とがほぼ等価であることに注目したい。そしてまた両者共に、蝶とほととぎすという、翼あるものに準じた飛び方をすることにも。

睡眠中は生きながら魂が肉体を離れることがある、という考え方は昔からあった。生者の遊離魂は、本人の夢の中で、たとえば荘周の夢のように蝶の形をとることもあろうし、また他人の夢の中に本人の姿で現れることもあろう。

杜甫の『李白を夢む』はその種の離魂を夢の中に現前せしめ、幽冥の気を漂わせた傑作である。十六行の中から第五行以下十行を引用する。

故人入我夢
明我長相憶
恐非平生魂
路遠不可測
魂来楓林青
魂返関塞黒
君今在羅網

何以有羽翼
落月満屋梁
猶疑照顔色

故人、つまり旧友李白が我が夢に姿を現わした。このことは私が久しく彼を慕っていることを証明するものだろう。だがその魂（まぼろし）はいつもの彼の姿ではなかったようだ。路遠くへだたっているので、その理由は推測できない。

魂来りて楓林青く
魂返りて関塞黒し
……
落月屋梁に満ち
猶顔色を照らすかと疑う

この四行が凄絶である。

罪をえて南方夜郎の地に流謫の身となった李白はこのとき五十九歳。遠方で消息も分らず、このまぼろしは幽霊なのか生霊なのか。このところたてつづけに三度も李白の夢をみた杜甫の不安が、この夢を青黒い冥界の幽気にひたす。ここでは夢の中の幻めいた李白の姿は、はっきり魂としてとらえられている。

死霊にせよ、生霊にせよ、離魂が遠方から飛び来たったからには、翼あるものと想像するのが自然であろう。君は今、羅網に在るに、何を以て羽翼有るや。

かくして杜甫も韋荘と同じく、夢と離魂とを、そして離魂と翼あるものとを、観念連合させている。

もうひとつだけ、民話風のちょっと楽しい逸事を『神仙伝』から引いておこう。巻三の人物李仲甫、道を学んで隠顕自在、変化(へんげ)の術を能くした。五百里も離れた土地に知人があり、小鳥網を張って稼業としていた。ある朝、網に一羽の鳥がかかった。よく見ると仲甫であった。言葉を交わして別れた。その日のうちに仲甫は家にもどっていた。

よく見ると仲甫、というところがおかしい。鳥の姿なのに見分けがつき、しかも言葉を交わしている。まさに神仙伝の世界である。

もう一つ、和風メタモルフォシスの例。出雲風土記に、法吉(ほほき)の郷(さと)の名のいわれが簡単に記されている。

> 神魂命(かむむすびのみこと)の御子支佐加比賣命(きさかひめのみこと)、法吉鳥(ほほきどり)(うぐいす)と化(な)りて飛び度(わた)り、此處に静まり坐しき。故(かれ)、法吉(ほほき)といふ。

さて、翼あるものの中でも、とりわけ胡蝶は、魂をあらわす上で特権的な表象なのである。

ギリシア語の霊魂(プシュケー)がそのものずばり蝶をあらわす語であることは特筆に値しよう。しかしギリシアの霊魂については後にゆっくりふれることにして、今はさしあたり、本邦およびその周辺の、翼ある霊魂のあとを追ってみたい。

メラネシアやインドネシアあたりでは、蝶を祖霊と考えている民族が多い。琉球ではアケズと呼ばれるトンボも霊魂だが、とりわけ蝶型をハベルガタと呼んで、霊魂の象徴とみなしている。蝶の文様は霊界と現世との仲介者である祭司や呪術者の着用する衣服にのみ用いられたという。

蝶の文様の衣裳といえば、能の『楊貴妃』のシテの衣裳がそれである。玄宗皇帝は馬嵬で非業の最期を遂げた愛妃に一目でも逢いたいと願って、方士楊通幽に命じ、術を以て死霊を招きよせる。冥界からたちあらわれた楊貴妃は、

何事も夢まぼろしのたはむれや。あはれ胡蝶の舞ならん。

としずかに胡蝶の舞を舞う。この舞はかくべつ蝶のしぐさを模したものではないが、彼女の衣裳の大きな胡蝶の文様が、夢幻と死の世界を暗示しつつ、舞の所作につれてゆっくりと空間をはばたくのである。

ついでながら、玄宗皇帝と蝶（＝美女）とのとりあわせは晩唐の文学趣味に合っていたとみえ、『開元遺事』に次のような一文が見える。「明星宮中春宴、令妃嬪名挿額花、帝親捉粉蝶放之、随蝶所幸之、謂元蝶、幸楊妃、専寵、不復此戯」つまり、妃嬪たちがそれぞれ額に花をさし、皇帝が蝶を放つ。蝶のとまった美女に寵を与える、と

いう遊びを、楊貴妃が寵幸を専らにするようになって以来、やめてしまったというのである。

また『稽神秘苑』には、盧山に住む劉子郷のもとに、燕ほどの大きさの五綏（すい）の双蝶があらわれて花にたわむれ、やがて二人の女に化して合歓した、という記事がある。

一般に昆虫類は古生代の末期に出現し、蝶類もすでに二億年以上生きつづけている。人類出現よりはるか昔から、地上で絢爛たる舞をくりひろげていた蝶の姿が古代人の心を神秘的な夢想にさそったのは当然のことと考えられる。ところがふしぎなことに、現存する文献で知られる限りでは、上代の日本人は蝶についてほとんど一つも言及していない。蝶（テプ→テフ）という語は上代の日本人にとっては外来語であるが、この中国語が、かはひらことという大和ことばを駆逐したのである。

一方蜻蛉はたしかに注目されていた。蜻蛉——あきつ——は日本人にとって霊的価値をもつ昆虫であった。この国を秋津洲（あきつしま）と呼ぶのは、神武天皇が大和の山上から国見したとき、「あきつのとなめせるが如し」とのたもうたからであると私たちはきかされている。大和の地形がとんぼの交尾した恰好に似ているのかどうかまだたしかめていないけれども、これは形の上の類似を言っているのではなく、むしろ、精霊に満たされる佳き国というほどの意味ではなかったかと私は考えている。豊あきつ洲——めでたき霊気あふるる国、と。さもなければ、天皇をあきつ神と呼ぶわけがない。さきに記したようにあきつは琉球ではアケズと呼ばれ、蝶と共に祖霊の還りくる姿と考えられていたのである。

ところで蝶という外来語、あるいはそれのやまとことばは、どういうわけか万葉集にも古事記にもひとつも出てこない。懐風藻には蝶を歌いこんだ詩があるときいたが、これは詩型と共に中国直輸入の語彙を用いた試みだったのであろう。お隣の琉球や、さらに日本人の先祖の一部がそこから来たと考えられている南太平洋沿海の諸民族が、それぞれ蝶に注目し敬意を払っているのにひきくらべて、わが大和民族の蝶類に対するこの無関心ぶりはいささか異様ですらある。

わずかに、記紀に語られた少名毘古名（すくなひこな）神の姿が（蝶ではなく蛾（ひむし）であるが）蝶類への関心を垣間見させてくれる唯一の例であろう。古事記によれば少名毘古名は「波の穂より天の羅摩（かがみ）の船に乗りて、鵝（ひむし）の皮を内剝（うつは）ぎにして衣服（みけし）にして帰り来（よ）る神」であった。

出雲の美保の岬に立つ大国主神の前に、ガガイモの実の莢の舟にのって現れたこの矮小な神は大国主の外来魂と考えられるが、蛾の皮をそっくり剝いで身に着けた神は、蛾の皮を衣服とするというよりはいっそ蛾の姿をした霊魂と見るべきであろう。もっとも「鵝」の解釈は必ずしも一定せず、本居宣長が「蛾」の誤りとしたのが、現在でも大体うけ入れられているようだが、『日本書紀』の一書では「鷦鷯」すなわちみそさざいの羽衣を着ていたとされる。鵝（鵞鳥）では大きすぎるのでせいぜい小さな鳥を考えたのであろうが、それにしても、記されてある通り少名毘古名が最後に粟の茎によじのぼり、はじかれて常世の国へ行ったのであるならば、みそさざいですら大きすぎ、やはり蛾としておく方がよいというような気がする。

さて、蝶が日本の文学に登場するのは平安以降である。特に平安末期に至って蝶は日本語としてよくやまとことばになじみ、華やかな文学的形象として頻々と用いられるようになるが、しかしやはり中国直伝の荘子の夢の胡蝶をふまえた文脈のものが多い。とりわけ能の中で言及される胡蝶は『楊貴妃』の場合と同じくほとんどすべて、現実と非現実とを裏返すかのようにひらひらと薄い羽をはためかせながら、うつつと夢との間を往還する象徴的な存在である。

あはれ胡蝶の一遊び、夢の内なる舞の袖、現(うつつ)にかへすよしもがな

（『源氏供養』）

という具合で、舶来の教養的美意識が濃厚である。あはれ胡蝶の一遊び――この唯美的傾向を偏執的におしすすめ、花を愛し花の美に耽溺したあまり遂に蝶に化生(けしょう)した詩人がいる。鴨長明の『発心集』に語られた大江佐国(すけくに)がそれである。「佐国愛レ華成レ蝶ト事」と題する短い物語によれば――

或人が円宗寺の法華八講に行ったとき、待ち時間のつれづれに近隣の家をのぞいたところ、さして広からぬ庭に美しい木をいっぱい植え、手入れもよく行届いて、「色々花かずをつくして、錦をうちよそほへるが如く見えたり」。殊にさまざまなる蝶いくらともなく遊びあへり」。まさに楽園の美しさであったので、「事さまの有難く覚えて」家のあるじを呼び出してこの事を問うてみた。あるじが言うには、わが父は佐(すけ)

国（くに）と申して世に知られた博士でありました。父在世の時には、深く花を愛し、折につけて是をもてあそび、詩にも作り、「六十余国見れども未だ飽かず。他生にも定めて花を愛する人たらん」などと申すありさまで、他界の後も花への執念が成仏のさまたげになるのではないかと気がかりに思うていました。ところが或る知り人が、夢の中で、蝶になった佐国に逢ったと語ったので、罪ふかく覚えて、そのようなことならあるいは父がこの庭に蝶の姿で迷うているかもしれぬと思い、自分にできるかぎりの花の木をあつめて植えているのです。それでもなお心もとないので、甘葛（あまづら）の蜜を朝ごとに花にそそいでおります、と。

「すべて念々の妄執、一々に悪事を受くる事ははたして疑ひなし。実に恐れてもをそるべき事なり」と物語の終りに『発心集』の趣旨にそった教訓がついているが、花を愛するあまり蝶に化生した詩人はむしろ望ましい「魂の形」におさまったというべきではないだろうか。それにしても、あまたの花の木を植えるだけでは心もとなく、甘葛の蜜を花にかけて、もしかすると父か̀も̀し̀れ̀ぬ̀蝶を待つ息子の姿は心をうつ。ことに霊界に関しては人は決して確実な情報を得ることはありえないので、おのおの自分の主観に応じた蓋然性に賭けるよりしかたのないことなのであろう。

しかし、白昼飛びまわる蝶やとんぼよりも、夜陰にぼうっと輝く姿をあらわす蛍は、魂に擬せられるに一層ふさわしい虫といえよう。

もの思へば沢のほたるもわが身よりあくがれいづるたまかとぞおもふ

和泉式部のこの歌は生身からあくがれ出る魂――遊離魂――と蛍とをかさねあわせて存分にうつくしい。この種の歌は西行法師にもある。

沢水にほたるの影の数ぞそふわがたましひやゆきて具すらん
おぼえぬをたが魂のきたるらんおもへば軒に蛍とびかふ

私のごく親しい人の語ったことだが、彼は少年の頃、夜更の町はずれを歩いていて、柳の木の下に大きなひとだまを見た。息をのんで立ちどまると、ひとだまはたちまちばらばらに崩れくだけ、無数の蛍となって闇に散らばっていった……
彼はこの体験から、世にいう人魂とはおおむねこの種の仮象(シャイン)であろうという結論をえたらしい。

しかしながら昔の日本人にとって、蛍は単に魂と見えるものではなく、むしろ魂そのものではなかっただろうか。

蛍の飛びかう季節は盂蘭盆会の魂迎えの時期をほぼ中心としている。盆の頃、暗い水辺に明滅しつつ飛ぶ蛍を浮游する霊魂と見るのは日本的心情にとってきわめて自然であろう。かつての子供たちが笹竹で蛍を追いながらうたった「ほうほうほたるこい」の唄、あの唄はこどもの発想ではなく、元来は魂(たま)よばいのうたであるというのは、仲井幸二郎氏（慶応大学）の説である。

ほうほうほたるこい　たまむしこい
あんどの光で　みの着て笠着てとんでこい
昼はおかさんの乳のんで　夜さりは提灯高のぼり

ほうほうほたるこい

この唄の中で魂よばいらしからぬ部分は「昼はおかさんの乳のんで」という一句だけで、これは童唄となった段階でまぎれ入った句とも考えられ、他はすべて祖霊迎えの辞として説明することができよう。仲井氏が言うように、みのと笠とは遠来の旅人を端的にあらわす日本芸能の扮装上の約束事(コンヴェンシヨン)であることを考えれば、遠くから——十万億土から——帰り来て生者を訪れた祖霊が「みの着て笠着て」旅姿をしているのは当然であろうし、「行燈(あんど)の光」や「提灯高のぼり」は祖霊を依りきたらせる目印であったろう。「新盆の家で高提灯を立て、白布をかかげて、魂の初の帰来を待つ習俗も分布は広い」ということである。

『伊勢物語』に片思いで病死した娘の話があるが、そこの歌に蛍がうたわれている。或る娘が物わずらいで死ぬが、死にぎわに「かくこそ思ひしか」と恋心を親に告げる。そして親は訪ねてきたをとこに事の次第を告げる。

時は水無月のつごもり、いと暑きころほひに、宵は遊びをりて、夜ふけてやや涼しき風ふきけり。蛍たかく飛びあがる。このをとこ、見臥せりて

　ゆくほたる雲のうへまでいぬべくは秋風ふくと雁につげこせ

註釈によれば雁を女の魂に見立て、ほたるを使者にして、魂に還り来よと歌っているのだそうである。雁は天界からの使者と考えられていたらしく「天つ雁がね」とはそのような意味だ、と折口信夫がどこかで書いていたのを読んだおぼえがある。雁は山のあなたの天界からも来るし、あるいは海の彼方の常世国からも来る。この歌の場合、娘の魂は雁に見立てられていて蛍は使者の役割をふりあてられているにすぎないが、話の中では、をとこの目に直接映った蛍の方がはるかに印象ぶかい。

だが、古今を通じて最も鬼気迫る蛍は李賀の詠じたそれではあるまいか。「感諷五首」の其三全部を引用させていただく。

　南山何其悲

鬼雨灑空草
長安夜半秋
風前幾人老
低迷黄昏逕
裊裊青櫟道
月午樹無影
一山唯白暁
漆炬迎新人
幽壙蛍擾擾

月明の墓域に、死せる花嫁を迎える炬火はうるしのようにぬめぬめと光り、奥ふかい墓穴には幽魂を想わせる蛍がみだれとんでいる。幽壙蛍擾擾（ゆうこうほたるじょうじょう）たり……

ところで、虫の幼虫、さなぎのことを、英語でラーヴァ（larva）、ドイツ語でラルフェ（Larve）、仏語でラルヴ（larve）というが、これらがいずれも怨霊、死霊、もしくは仮面の意味をもつことはすこぶる興味ぶかい。みなラテン語のラルウァ（larva）からきているが、元来このラルウァが仮面、怨霊、亡霊を意味することばなのである。

なぜ仮面や亡霊が同時に幼虫でありうるのだろうか。

毛虫からさなぎに、さなぎから蝶やとんぼに、――仮面（ラルウァ）をぬぎすてるようにして姿を変える虫類のめざましい変身は、古代人に輪廻転生の観念を暗示するものではなかったろうか。転生はインドだけの思想ではなく、ギリシアでもつとにオルペウスの信徒やピュタゴラスの学派は霊魂の輪廻転生を信じていたから、キリスト教滲透の後もこれがヨーロッパ人の霊魂観の一つの異教的底流として存続したことはうたがえない。

しかし、変身する以前の幼虫が、ただの無害な霊魂ではなく、怨みをふくんだ死霊を連想させたのはなぜなのか。おそらく蛆虫や毛虫、あるいは奇妙なさなぎの姿が、不吉なおぞましさを感じさせたからではないかと思うが、これは憶測にすぎない。少なくともラルウァの語に関するかぎり、この名辞（オノマ）をになった生きものがいかに仮面をぬぎすてたところで、本朝の〈あきつ神〉のような霊的なめでたさをもつことはありえないような気がする。いや、仮面をぬいで羽を生やすまでもなく、虫は幼虫、つまり芋虫のような恰好のまま、わが国では神たりえたらしいのである。大化改新の前年に、東国の大生部多なる者が、橘の木につく長さ四寸余り、太さ親指ほどの、養蚕に似た虫を常世神として祀り、富貴長寿の利益を与えるとして、この虫神を奉じて奈良の都へのぼってくるというさわぎがあったことが『日本書紀』に見えている。益田勝実氏著『秘儀の島』巻末の「古代の想像力」という論文を読んではじめて知ったことだが、丹後と越前には、それぞれ大虫神社、小虫神社という社があり、正体不明の虫神を祀っている。大虫の方は蛇、とかげの類であったかもしれないが、少くとも小虫の方は昆虫――成虫も幼虫もふくめて――であったらしい。益田氏はこの小虫を橘の木に宿る芋虫神と関連させて、なぜ芋虫が神さまなのかといえば、芋虫のメタモルフォーシスが古代人の幻想を刺戟したのであろうという風に書いておられる。「自由に姿を変えるということは、それ自体が神異の実現です。変態した蝶が神異のものであれば、蝶に変じる芋虫も神異の存在ということになりましょう」と。

神と霊魂とはちがうといえるが、後にのべるようにわが国では神はおおむね祖霊と同一視されることが多いので、この場合、神の「形」を霊魂の「形」とみて差し支えないと思う。

3　白鳥　黒鳥

さて、翅（はね）のある昆虫の姿ばかりでなく、魂はしばしば翼ある鳥の形をもとる。鳥の中でもとりわけて白鳥は高貴な魂がとるにふさわしい姿をしている。ゼウスが白鳥に変じてレダを訪れた話などがまず頭に浮ぶが、これは彼が鷲になったり牡牛になったりしたときと同様美少女や美少年を誘拐するための一時的な変身であって、死者の霊魂の形とはかかわりのないことである。遠くギリシアをたずねるまでもなく、わが国には、倭建命の御魂（みたま）が白鳥となったという美しい話がある。若くして死んだ英雄ヤマトタケルこそはギリシア的な意味でのヘーロース（半神的英雄）とみなされるにふさわしい人物であろう。

御承知のように父天皇（みかど）の命のまま西走東奔して戦い、諸国を遍歴した倭建命は、故郷への帰途、能煩野（現三重県鈴鹿市）で遂に病に斃れる。

ここに倭に坐す后たち、また御子たちもろもろ下りきまして、御陵を作りき。
すなはち其地のなづき田に匍匐ひ廻りて、哭しつつ歌ひたまひしく、
なづきの　田の稲幹に　稲幹に　蔓ひもとほろふ　ところ葛
ここに八尋白智鳥になりて、天翔りて浜に向きて飛びいでましき。

これはさきに美濃の当藝野に至ったとき、体の不調を感じて、「吾が心恒は虚よ翔り行かむと念ひつるを、今吾が足え歩まず、たぎたぎしくなりぬ」と彼自身の洩らした天上回帰の願望の実現に他なるまい。

しかし私が気になるのは、『古事記』に記されたこの八尋白智鳥という名前である。『日本書紀』にはただ白鳥としてあるし、『記』でも御陵の名は「白鳥の御陵」となっているから、大方の註釈者の言う通り、単純に、ひろげた翼のさしわたしが八尋もある大きな白鳥、と考えるべきなのかもしれないが、それにしてもなぜ白鳥でなくて白

智鳥なのか？　ここのチの字に私が固執するわけは、白智鳥のあとを追うて浜辺で后たちのよんだ歌に、

浜つ千鳥　浜よ行かず　磯伝ふ

とあり、ここではっきりと魂は千鳥と名ざされているからである。

一般に古代人は鳥を魂の姿あるいは魂のにない手と見たが、とりわけ霊性においてすぐれているのは水鳥であった。いうまでもなく白鳥も千鳥も水鳥である。ヤマトタケル伝説以外では、白鳥は鵠（ククイ）の呼び名で垂仁記のホムチワケの項に出てくる。唖の王子ホムチワケが白鳥を見てはじめて声を発した、というのも、何かしら白鳥には彼の魂をゆさぶるものがあったのかもしれない。一方、千鳥は万葉集などにもしばしば姿をあらわし、はっきりと魂と関係あるように明示されてはいないものの、その鳴き声はおおむね沈痛の念、懐古の情をよびおこし、時には神秘感をさそうものである。

淡海の海夕浪千鳥汝がなけば心もしぬにいにしへおもほゆ　柿本人麿

ぬばたまの夜の更けゆけば楸生ふる清き河原に千鳥しば鳴く　山辺赤人

この後者、しば鳴く千鳥の歌を、近年梅原猛氏は死者への鎮魂——とりわけ水死した人麿への鎮魂の歌と想定しておられるが、その説の当否はともかくとして、梅原氏が指摘されるように、鳥、とくに千鳥が魂の鳥であること、この赤人の歌がただの叙景歌としては理解しがたい「一種の細い凄み」があり、鳥の歌に詩人が鎮魂のしらべをききとったであろうことは、夙に折口信夫が見ぬいていた通りである。

なぜ千鳥がすぐれて魂の鳥であるのか、素人なりに考えてみたが、水鳥である上に夜啼くという習性が神秘感をもよおさせるのであろう。池田弥三郎氏のことばを借りるなら、「鳥はただの動物ではなかった。それは霊魂の保持者であり運搬者であった。又呼びたて鳴きたてて、鎮まっている人の霊魂を誘い出す動物でもあった」(『高市黒人・山辺赤人』)。

とすれば、死者の霊魂を誘い出すのにふさわしい夜、今のように人工の照明も騒音もなく、すべてが闇と静寂につつまれた夜、しば鳴く千鳥の声は古代人に神秘と畏怖の念をよび起さずにはいなかったであろう。

ところでなぜ水鳥がとりわけ魂の鳥なのか？　すでに学者の説があるかもしれないが、私が私の無知から出発して考えたところでは、海あるいは水というものの神秘さがこの観念の背景になっているように思う。

地は形なく、むなしく、闇が淵のおもてにあり、神の霊が水のおもてをおおっていた。

『旧約聖書・創世記』

天地創造以前の世界のありさまである。ここで日本古代とかかわりのないヘブライのコスモゴニアをもち出したのは、不定形なゆれうごく水、生命発祥の源である水が、古代人にとって神の霊におおわれ、神秘的な微光を放ちつつ闇に沈んでいるものであった――この底しれぬ感覚の普遍性を指摘しておきたかったからにほかならない。

水ははぐくみ、育てる、と同時に、押し流し、溺れさせる。浮かべ、漂わせるが、窒息させ、沈めもする。とりわけ海流にかこまれた島国日本では、水は常世(とこよ)国へ渡るわだつみの水である。母胎の羊水であると同時に、黄泉の水でもあるのだ。そしてその水にただよい、潜る鳥は、なみの鳥の天翔けるふしぎさの上に、もうひとつ、あの世の岸をあらう水の消息に通じているというふしぎさをそなえている。地に縛られた人間からみて、水鳥は天界と地界を往還しうるのみならず、水界へも入りこむことのできる特権的な鳥なのである。鳥の自在さ、とりわけ水鳥の自在さこそ、まさしく肉の束縛を離れた魂の自在さに照応するものであったろう。「吾が心恒は虚(そら)よ翔り行かむと念ひつるを」――倭建命の英雄的な魂は病み疲れた肉体を脱ぎすて、白い鳥となって飛び立った。その鳥は神々寄りつどう高天原をめざすが、しかし古代の日本人にとって死の意味はつねに両義的である。魂は垂直に上昇するのではなく、むしろ根の国底の国へ、あるいは海の彼方の常世界へと向うものであろう。

「浜つ千鳥　浜よ行かず　磯伝ふ。」果してヤマトタケルの白智鳥は海辺づたいに飛んで、后たちを河内の志幾(しき)までつれて行く。志幾に留まると見えたのでそこに御陵を作り、（さきの能煩野の御陵は殯宮であったろう）白鳥の御陵と名づけるが、「然れどもまた其地より更に天翔りて飛び行でましき」。

この鳥はたしかにただの千鳥ではなく白鳥でもあるまい。千鳥の一種にシロチドリというのがあるが、もし昔その名があったとしても、この白智鳥はそれではあるまい。おそらく白鳥と千鳥の両方の属性をそなえた鳥であろう。一般に魂の鳥である千鳥は、小柄すぎてこの場合の英雄的スケールに合わない。ヤマトタケルの魂の姿としては八尋という幻想的な巨大さこそふさわしいであろう。しかも色は高貴と清浄を示す白でなければならぬ。白く、大きく、しかも千鳥の性格をとどめたもの——こうして八尋白智鳥という魂の鳥が形づくられたと私は想像する。

さて、白鳥の次は黒鳥である。烏——屍肉をついばむこの漆黒の鳥は、古来、不気味さと畏敬のまじりあった一種特別の目で見られていた。現代のふつうの人間と同じく私自身はこの鳥に不吉さを感じることはあっても「霊性」を感じることはなかったが、よく考えてみれば不吉さというものは、次元は低いにせよともかくも神秘的な感覚であり、その彼方に超自然の力を仮定するものにちがいない。

しかし烏が神聖視されることを知ったのは、先年熊野に行き、自然神教と古密教と浄土信仰の混淆したこの不思議な霊場について多少調べた結果である。

熊野三山では牛王（ごおう）宝印という神符を発行している。これは半紙大の和紙に多数の烏と宝珠を組みあわせた絵文字を刷ったもので、強力な護符あるいは守札として尊重されたばかりでなく、鎌倉時代以降は起請すなわち誓約の際に用いられた。兄頼朝に対し、二心なきことを誓った源義経の「腰越状」も牛王誓紙の有名な一例であるし、下っては、死の床にある豊臣秀吉が重臣たちに秀頼への忠誠を誓わせたのもこの熊野牛王による起請である。

それはともかくとして、この牛王宝印の絵文字がなぜ烏を組みあわせたものなのかと問えば、烏は熊野の神のツカワシメだからという答えが返ってこよう。ここで人はカムヤマトイハレヒコ（神武天皇）が熊野の荒坂の津に進軍したとき、八咫烏（やたがらす）が先導をしたという故事を思い出すであろう。八咫烏のヤタは八咫鏡のヤタと同じく寸法を示すもので、ただ大きい烏というほどの意味であろうが、その大きさには八尋白智鳥ほどの巨大な幻想性はない。神武天皇が長髄彦を征伐したときには金の鵄が弓にとまって戦勝を予兆したというのもおなじみの話で、カムヤマトイハレヒコというヘーロースはよくよく鳥と縁の深い人であったらしい。もっとも太陽神とその使鳥の信仰は、日本だけでなく、太平洋周辺に広く分布している。極端な場合には太陽神自身が烏の姿をしていて、例えばインドネシアのトリンギット族の神話では、大鴉の姿をした造物主が太陽と同一視されている。また、中国では、太陽に三本足の烏が棲んでいる。『淮南子』に「日中有踆烏」の句がある（踆烏は三足の烏の意）。真黒な烏の姿は、かえってぎらぎら輝く太陽を想わせるものであるとみえ、『捜神記』には学者管輅の言として次のような句がみえる。

烏者棲太陽之精。此乃騰黒之明象、白日之流景。

つまり烏の純黒は白日の輝きのしるしというのである。

しかし熊野で神武天皇を導いたのが他ならぬ烏であったという話にはやはりこの土

地固有の必然性がある。というのは、烏が熊野で霊鳥とされる所以は民俗学的に根深いものがあるからである。土地の人々が語るように八咫烏が神武を先導したから烏がこの地で尊ばれるのではなく、元来霊鳥だから神武を先導することができたと考えるのが正しいであろう。

古来熊野は「他界の地」であり、仏教伝来以後、とりわけ平安期以降は山深く滝多くしかも南海に面した隈野（くまの）（奥深い地）は観音の霊地としてあたかも補陀落（ふだらく）浄土の前哨地点の如くみなされたが、もっと古くは、太陽神や穀物神が死んでおもむく常世の国と考えられていた。しかもこれが「他界」であるのは、ただ神々の冥府と観念されたからばかりでなく、現実にここが古代の人々の葬送の地であったからである。

五来重氏の説によれば、熊野には古墳が存在しない。すなわち、埋葬のかわりに風葬が行われたのである。ネパールの鳥葬が禿鷹によったように、熊野の風葬は烏がこれを執行した。ここから烏の神聖視が生じた、という。なぜかといえば、烏は風葬の遂行者であるのみならず、屍肉をついばむことで死者を体内に同化し、死者の魂を宿すことになるからだ。

その古代的な「霊魂の生化学」はたいへん興味ぶかいが、しかし烏が霊鳥であるのは必ずしも、風葬の地とはかぎっていない。安芸宮嶋の島回祭ではお烏喰(とぐい)式なる宗教儀礼があり、烏に粢団子(しとぎだんご)を供える習わしがある。ここでは死者の魂は宮嶋の弥山(みせん)へ行く。弥山はおそらく須弥山の略であって神聖な他界である。ただし死者の肉体は対岸の赤崎に埋葬されていて、赤崎は埋(う)め墓、宮嶋は詣り墓という両墓制をとっている。そしてこの二つの墓――肉の墓と霊の墓――の間を往来する死者の魂の担い手として、あるいは魂そのものとして、烏がシトギを饗せられるのである。

一般に、墓に在る「死霊」が時を経て浄化されたものが「祖霊」であり、祖霊がさらに浄化されたものが「神霊」である――と、これほどきちんと整理した形ではなくても、とにかく死者の霊魂はその人間の「格」に応じて時とともにカタルシスの段階を昇る、という霊魂昇華説は、仏教の彼岸往生説などとからみあいながら、漠然とした形で古人に意識されていたようだ。烏の姿をした魂はカタルシスを経ていない第一段階の死霊であって、未だ彼岸に往生しきらず、他界と現世との間を黒い翼をひろげて往来するのである。

4　漂えるプシュケー

前章では翼を生やした魂について語ってきたが、一般に、魂と鳥との神話的関係は二通りある。ひとつは鳥の形をした魂。もうひとつは魂の導き手としての鳥。この二つは無意識のうちにしばしば重複するが、はっきり判別できる場合も多い。

エジプトの『死者の書』には、死者が飛び去りゆく鳥（隼や鷹）として描かれているし、メソポタミアでも死者は鳥と考えられていた。シュメールの神話『イナンナの冥界下り』の中の次の詩行は、メソポタミアにおける最古の「魂の鳥」の例証であろう。

ドゥムジ（牧神）は鳥に向って飛んで行く鷹のごとくに身体から彼の魂を飛び去

らせ、ゲシュティンアンナ（ドゥムジの姉）の所へと魂を運んでいった。

（五味享・杉勇氏訳）

エトルリア人も死者が鳥の姿をとると信じ、墓塚の蓋に「魂の鳥」を彫った。リルケの『ドゥイノの悲歌』第八歌にはこのことへの重々しいアリュージョンがある。

そして見よ　鳥たちの　中途半端な落書きを。
その出生のいわれからして　鳥たちは双方の世界を知っている、
譬えば　むくろは柩におさめられ
その蓋には　やすらう姿が刻まれているのに
天に飛び立つというエトルリアの死者の魂のように。

ここにうたわれたかぎりでは、柩の蓋に彫ってあるのは「魂の鳥」ではなく横たわった死者の姿ととれるが、しかし少くとも天翔ける魂＝鳥の等式がこの詩節を支えていることはたしかである。ここだけでなくリルケはこの譬喩を他の箇所でも好んで用いた。同じ悲歌第二歌に、天使たちへの呼びかけとしてこんな句がある。

わたしはあなたがたに向って歌う
ほとんど人を死に到らしめる魂の鳥よ

天使たちは「魂の鳥」Vögel der Seeleであり、しかもその存在自体がtödlich（致命的）なものなのだ……。

しかしここで詩論に立入るわけにはいかない。今の私にとってリルケは、あくまでエトルリア人の魂の鳥の文学的傍証にすぎないのである。とはいうものの、ここであらためて、なぜ魂に翼があるのか、考えてみたい。これは魂の本質的な問題だからである。

翼は二つの意味をもつ。第一に、大地の重力からの自由、重い肉の束縛を脱した霊魂の自由自在の境地をあらわす。第二に、——第一のものと表裏をなすものだが——

おのれの欲するところへ翔けり行きたいというエロス的願望をあらわす。肉身のままでは至りえぬ遥かなところ、天上、あるいは彼岸へ。魂の故郷へ。翼はこの場合、明確な志向性の表現である。君いま羅網に在るに、何を以て羽翼有るや。いな、肉体という羅網に囚われていればこそ、羽翼をもたずには居られないのである。

前に熊野の烏について語ったとき、神武天皇と八咫烏の一件にふれながら私は、太陽神とその使鳥の信仰は日本だけでなく太平洋周辺に広く分布している、とのべた。しかしじつをいえばギリシアにも、似たような太陽神と烏との関係がある。というのは、烏は前兆を告げる鳥としてギリシア人に重んじられ、その心臓を食うと預言の力が授かると信じられていたが、その烏はアポローンの聖鳥なのである。もっとも白鳥もアポローンの聖鳥とされ、この光輝く神は白鳥の車を馭して天翔けるのだが、しかし聖鳥としては烏の方がほんものかもしれない。遠矢を射るアポローンは死をもたらす神だからである。ついでながら、プロコンネソスのアリステアースが烏の姿をしてアポローンの供をする、という伝説もある。アリステアースというのは伝説的なアポローン祭儀の伝道者だが、死んだとき死体が見当らず、同じ日に旅人たちは彼がキュージコスの方へ向って行くのを見た。死後四百年間様々な場所に出現したが、生前も自分の肉体から魂を意のままに遊離させた、というところを見れば、多分にシャーマン的な人物だったのであろう。彼が烏の姿をしてアポローンにつき従ったのは生前のことか死後のことかわからないが、ともかく、ギリシアの多分に太陽神的な神格アポローンの聖鳥、使鳥あるいは従者として烏が想定されたということは単なる偶然とは思われない。『捜神記』の語る通り、「烏者棲太陽之精」だからである。

北欧でも、オーディンはフギンHuginn（思考）とムニンMuninn（記憶）という二羽の烏をしたがえている。オーディンは太陽神ではなく、特に死者の神としての性格が濃いので、思考(フギン)とか記憶(ムニン)とかいう神話的寓意以前の土俗的段階で、死霊＝烏の観念連合があったことは確実である。また、ケルトの伝説では、例の騎士道ロマンスで名高いアーサー王は、最後に深傷(ふかで)を負って、アヴァロンという仙界の島へ運ばれるが、一説には烏の姿に変えられたともいわれる。

ギリシアの神話の中でヘルメースは死者の導き手としての性格のはっきりした神であるが、彼の足のサンダルに生えた翼はおそらく「冥界への魂の導者」ψυχοπομπός

の本質をあらわすものであろう。エリアーデによれば、死者が空を飛んで行けるように、死者の魂に翼をつけることを業とする妖術師が存在していた（『シャーマニズム』）。しかし多くの場合、妖術師のわざによらずとも、魂は自然に翼を生やして飛び立つことができた。むろん翼あるものならば鳥でなくてもよいので、すでにのべたようにとんぼでも蝶でもよいのだが、ギリシアでは特に蝶のことを考えなければならない。魂（プシュケー） *ψυχή* はもともと息を吐く（プシュケイン）という語と関連していて、「生命の息」を意味している。息といえばまずプネウマ *πνεῦμα* という語が思い出されるが、同じく生命的あるいは霊魂的であってもプネウマは風のように遠く漂うことのできる霊的気息を意味し、プシュケーはややフィジカルな魂を意味するようである（後にグノーシスの神学者たちは天上志向的な霊魂的（プネウマティコス）存在と地上的な心魂的（プシュキコス）存在とを区別するようになる）。

　人が死ぬとき、最後の息とともに魂（プシュケー）は口から吐き出される（ホメーロスの中では、魂が傷口を通って去ることもある。また、アキレウスにのど元を槍の穂で貫かれたヘクトールの場合、魂は四肢を抜けて飛び去る。しかしこれらは例外である）。そして一般にギリシア人の魂はハーデース（冥府）へ去った後、力弱い影のように存在しつづける。ハーデースに「定住」した後には、むろん魂は翼など生やしていない。それなのになぜ私が――さきに日本や中国の「魂の蝶」を諄々（くどくど）と語っただけで足りずに――ギリシアでも蝶に固執するかといえば、それは臨終の息とともに吐き出された魂がどうやら小さな翼を生やしたことがほぼ確実であるばかりでなく、プシュケーという語が蝶を意味するからである。

　ふつうプシュケーといえば私たちはプシュケーとエロースの恋物語などを連想し、プシュケーとは美しい女性の姿をしたもののように想像しやすいが、この物語はアプレイウスの『黄金の驢馬』の中の、嫁いじめを主題とする民間のお伽話が、神話の中に混入したものにすぎない。魂（プシュケー）の素姓はむしろ男性的なものである。

　生命の起源として男根的なものが崇拝されたのはオリエントでもギリシアでも同様であるが、男根は、すでに先史時代のギリシアにとって霊魂あるものであった。カール・ケレーニイは、「精子もまた魂である」ということを、アッティカの花瓶絵や、浮彫宝石（ゲンメ）を例に引いて証明している。

「そこ（花瓶絵）に描かれているのは双笛を吹いている髯を生やした一人の男の姿で

ある。彼は男根を勃起させている。四滴の精液がひらひらと舞っている一匹の巨大な蝶に向って落ちている。蝶は明らかに最初に落ちた一滴だ。魂の注入者という役柄ではさる浮彫宝石（ゲンメ）の上に勃起男根のヘルメース立像がみられ、これはプリアーポスとみなされているが、ヘルメースであってもおそらく一向に構わない。蝶はすでにそこでも舞っており、霊魂的雰囲気は泉のほとりの孔雀によっても強調されている」（『迷宮と神話』）。

それからまた、スミュルナの博物館にある前二世紀頃の男根形の墓碑〈リュサンドラなる女の墓〉の彫刻に言及して、「死者である女性がやや小柄な少女の姿にかしづかれながら君臨している。二人の翼ある者が両側からこの女に花冠と神聖な飾帯とを手渡している。その蝶の羽根がこの二人を魂の姿ある代表者、すなわち〈プシュケー〉として特徴づけている」とのべている。

さらに、もうひとつ、彼が別の著書であげている「魂の蝶」を引用しておきたい。「のちの石棺、ことにローマのそれには、プロメーテウスが人間を形づくっている有様を見ることができる。すなわち女神アテーナーが一匹の蝶をそれに近づけることによって、一つの小さな像がアテーナーによって生命を吹き込まれているのである」（『ギリシア神話――神々の時代』）。

すでにのべたようにギリシア語の魂を意味する名詞プシュケーは蝶という名詞でもあったが、一方蛾はパライナと呼ばれた。そして *φάλαινα* とはじつに男根（パロス）*φαλλός* から作られた女性形である。このことを指摘し、プシュケーが男性的起源をもつものであることを説いた後、「おそらく最初に〈魂〉を、のちにはじめて〈蝶〉を意味したこのギリシア語の単語の両義性は、他のいかなる言語にあっても再現しえないであろう」と、ケレーニイは学者的詠嘆をこめて語っている。

ギリシア語で魂の領域を表現する語としては、プシュケーの他にテューモスとヌースとがあるが、死者の魂、つまり肉体から分離して考えられる魂としては、プシュケーしかない（テューモスは生体の内にあって運動もしくは昂奮をひき起すもの、あるいは積極的な情緒とも考えられる。一方ヌースは知的なはたらきの主体、いわゆる精神ないし叡智と訳しうるもので、この二つは生者の活動を支える情動と知性の概念を覆っている）。

私が本稿で問題にしているのは「魂の形」であり、魂は肉体を離れないかぎり「形」をとることはないので、ここでとりあげるのは機能的なテューモスやヌースではなく、もっぱらプシュケー――それももっぱら実体的な――のみである（もっともギリシア哲学では、ヌースも多分に実体的であるが）。

そして、同じく魂の形とはいっても、たとえばプラトーンの霊魂三分説の比喩的説明のようなものはここではとりあげない。プラトーンは霊魂を三つの部分に分け、魂の最上部（純粋知性）を馭者に見立て、他の二つの部分を馬車を曳く二頭の翼馬になぞらえたが、これは彼の有名な洞窟の比喩と同じく哲学思想の文学的説明にすぎないので、本稿の主題からははずれるのである。彼は霊魂を実体ではあっても不可視・無形と断定した点で、古い自然哲学の伝統から切れているのだ。私がとりあげている蝶や鳥なども魂の形象的比喩にすぎないではないかと抗議されるかもしれないけれども、事は微妙にちがうのである。私が主題としたいのは、単なる比喩や見立てではなく、古人が魂をそのようなものと実感したところのものであり、文学的ではなく神話的なもの――つまり、人間の根源的意識（ユングのいわゆる集合無意識）が所有する原型的イメージから生み出された魂の表象なのである。

付け加えておかなければならないが、霊魂を不可視、無形と考えたとはいっても、プラトーンもまた当時の一般人と同じように幽霊の存在を信じていた。彼の言によれば幽霊とは、生前に肉体の粗野な欲望や快楽で自分自身の実体を重たくした者の魂である。そうした魂には肉体の性（さが）が浸み通っていて、十分純化された魂になれない。フィジカルな要素を残しているために、そうした魂は幽霊として人の目にふれることがあるのだ、と。このあたりは何となく東洋の魂魄説を連想させるものがある。

さてプシュケーは、その語源からして、人がそれを呼吸しているところのそれ、つまり生命を保つ気息（プネウマ）とほぼ同じものと考えられていたのに、現に生きている人のそれについてはプシュケーといわず、人が死ぬとき、最後に吐き出されてどこかへ去ってゆくそれについてのみプシュケーという語が用いられた。従って、「プシュケーが去る」「プシュケーを吐き出す」という言いまわしは「死ぬ」と同義なのである。特にホメーロスの時代には、プシュケーがもっぱら死者から去りゆく魂、死者の魂、を意味したことを、ブルーノ・スネルも注意している。ホメーロスは、致命傷をうけた男についてプシュケーという語を用いるが、死の連想を避けたい場合にはこの語を用いない、と（『精神の発見』）。

さきにのべたようにプシュケーは息を吐(プシュケイン)くという語と関わりがあるが、プシュケーはまたプシュコス ψῦχος とかプシュクロス ψῦχρος とかいう語と同系統で、この二つはいずれも「冷たい」の意味である。つまり語感としてプシュケーという魂は「冷たい霊魂の息吹き」なのであって、その冷たさは生者よりも死者の霊を連想させるものであろう。

とはいうものの、生きているときでも、眠っている間に魂がその人の肉体から脱け出てさまようこともあり、他の同じく眠っている人の夢に現れることもある。その場合、その人の姿かたちがその人のプシュケーと呼ばれる。つまり、プシュケーは生霊(いきりょう)、遊離魂でもありうるのである。

古い時代のギリシア人は、人が死ぬとき吐き出されたプシュケーは屍体の埋葬されたあたりにふらふらと漂っていると考えていたらしい。冥府に去るという考え方もたしかにあったが、屍体の埋葬された「土の中」と、現世とは次元を異にする「冥界」

とは、共に暗い地下の観念によってつながっており、古代人は厳密にこれを区別することをしなかったであろう。いや、古代人でなくても私たちでさえ、現にお盆には魂迎えをする風習を保存しているが、その霊がどこからもどってくるのか、つまり、墓場からくるのか、神話的な黄泉の国からくるのか、それとも浄土的な十万億土の彼岸あるいは地獄からくるのか、はっきりした観念をもつ人は少いのではないだろうか。

古代ギリシアで日本の盂蘭盆会(うらぼんえ)に相当する行事としてはアンテステーリアの祭というのがあった。アンテステーリオン(花の月)の第十一日から第十三日までの三日間行われるので花月祭などと訳すが、アンテステーリオン月はほぼ二月下旬から三月上旬にあたり、まだ早春の祭である。古典期のアテーナイでは四大祭の一つで、表むきはディオニューソスを祀る祭、前年度とりいれた葡萄で造った酒の熟成を祝う祭であった。第一日はピトイギア、つまり酒甕の鏡開きの日で、新酒をディオニューソスに献じた。第二日はコエスつまり盃祭の日で、一日愉快に遊び暮らす一方、死んだ縁者の墓に酒をそそぐ日でもあった。子供までが酒に酔うこの日は、また「穢れの日」でもあり、死者の霊が起き上る日なのであった。第三日はキュトロイすなわち壺祭と称せられるが、これはもっぱら死者のための祭の日で、地下世界の案内者であり亡者の魂の導者であるヘルメースに、壺で煮た五穀を供えた。

ともあれアンテステーリアの期間中、死霊(ケール)（*κήρ*）は墓場をぬけ出して生前住んでいた家を訪れたが、彼らは決して喜び迎えられる客ではなかったらしい。日本の盂蘭盆会のように、霊をなぐさめ、亡父母の倒懸(とうけん)の苦を抜く、というような積極的な意義はなかったもののようで、死霊(ケーレス)たちはむしろ招かれざる客であり、祭の三日間は不浄不吉の日として、神殿は扉を閉ざし、人々は仕事を休んだ。そして白茨の葉を噛み、家の扉にタールをぬりつけて悪霊よけの呪(まじな)いとした。しかも終りの日には、「外に出て行け、ケーレスよ、花月祭(アンテステーリア)はもう終った」とお祓いの句を唱えて、亡霊を家から追い出した。

これはわが国のお盆の魂(たま)迎えが、迎え火を焚き、高張り提灯を目印に立ててやさしく霊を迎え、帰りしなには送り火を焚いて、愛情と敬意をこめて送るのとは大分様子がちがっている。むろんどんな場合にも、生者の死者に対する感情はアンビヴァラントなもので、なつかしさと気味わるさという相反する感情を伴わずにはいないのだが、アンテステーリアの風習に見られるかぎりでは、ギリシア人はなつかしさよりもおぞましさの感情の方が強かったようである。

　第一、ケールという名称がもともとまがまがしい連想を伴っていた。ヘシオドスの『神統記』では、はじめの宇宙創成のところで、カオスから生じたニュクス（夜）が「忌わしい定業（モロス）と死の命運（ケール）と死（タナトス）を生み」また「運命（モイラ）たちと容赦なく復讐遂げる命運（ケール）たちを生んだ」となっていて、訳者廣川洋一氏はケールという語を二様に訳し分けている。後の方の命運（ケール）は、いわゆる運命の三女神であることが次の行で示されるので、これはほとんど運命（モイラ）と同じと見てよい。前の「死の命運」と訳された方のケールの具体的な相は、むしろホメーロスの描写の中に示される。すなわち『イーリアス』では、ケールは戦場で死をもたらす悪霊で、黒くて翼があり、長い歯と爪をもち、死骸の血を啜りさえした（風の精でありながら猛禽的兇暴の属性をそなえた有翼の女怪ハルピュアイと後世混同される姿をしている）。そして、ケールという語は、ホメーロスでもヘシオドスにおけると同様、命運の意味にも用いられ、たとえばアキレウスは、武勲に輝く短いケールと、故国に帰ってからの長いおだやかなケールとの撰択を与えられる。また、アキレウスとヘクトールのケールをゼウスが秤にかけ、ヘクトールのそれが冥府（ハーデース）の方へ傾いたので、彼の死が決定されるという一条もある。

要するにケールは決していい意味に用いられることはなくて、特にケール・タナトイオ（死のケール）というまでもなく単にケールというだけで常に死を連想させる名辞であった。死神的な命運と死者の霊とが同一視されたところに、死霊がもっぱら忌みきらわれた原因があったように思われる。

ともあれ、死霊がつねに忌むべきものであったとすれば、ギリシア人の間では、親近者のなつかしい霊や保護者的な祖霊と、たたりをおそれねばならない怨霊や悪霊と、この辺の「分類」が曖昧だったのではないだろうか。

J・E・ハリソンによれば、アンテステーリアの祭全体が本来は死霊を祓うエグゾルシスムの年中行事なのであった。語源からしてもアンテステーリアには「祈り出す」「祈り返す」の意がある、と彼女は説く（『ギリシア宗教研究序説』）。これに葡萄だの新酒だのがまぎれこんで全く別の祭になったのは、葬式用の土甕と酒甕、葬式のとき墓に酒をそそぐこと（libation）と、神酒を供え、飲むこと（libation）とが混同された結果、亡霊祭りがディオニューソスの祭になってしまったのだという。

お祓いという形でしか表わせぬネガティヴな死霊信仰が、生産的な葡萄の神への信仰に覆われてゆく過程が、この両義的な祭の性格の中にはっきり示されていて興味ぶかいが、しかし死霊はもともとギリシアでは大して強力な存在ではなかった。アンテステーリアの祭を必要とした程度には、死霊は気になる存在であったかもしれないが、少くとも日本の早良親王や菅原道真の「御霊（ごりょう）」のように、災厄をもたらして大いにおそれられ、社に祀ってあがめられる、というほどのエネルギーは、どんな英雄の霊といえどももたなかったようである。

それというのも、ギリシアの亡霊はきわめて影のうすい存在であって、『オデュッセイア』の中で冥府に下る（くだる）オデュッセウスにつき従って行くならば、私たちはたやすく彼らの姿に出逢うことができる。

たとえば、ギリシア軍の総大将であったアガメムノーンの「悲しみにみちた魂（プシュケー）」はこんなありさまをしている。

「アガメムノーンは黒い血を飲むと、ただちにわたし（オデュッセウス）を認め、声も高く泣き、はらはらと涙を流し、抱きつこうとして手をわたしのほうに延ばしたが、できなかった。かれにはもうその昔のしなやかな手足にあった力も活力もなかったのだ。」

そしてすべてのギリシア勢の中で最も雄々しく美しく、まさに半神的英雄(ヘーロース)の代表であった若きアキレウスでさえ、オデュッセウスの慰めに対してあの有名なことばを以てこたえるのである。

「はえあるオデュッセウスよ、死をつくろうことはやめてくれ。すべての、命のない死人(しびと)の王となるよりは、生きて、暮しの糧もあまりない土地をもたぬ男の農奴になりたいものだ。」

しかし、プシュケーあるいは亡魂というものの概念が最もあらわになるのは、オデュッセウスがなつかしい母に出逢ったときのことである。

「わたしは心にどうしようかと迷って、なくなった母の魂を抱こうと思い、三たび飛びついて母を抱こうとしたが、三たび母の魂は影か夢でもあるかのように、わたしの手からふわりと抜け、わたしの心の痛みはそのたびにますます鋭くなった。」

ちなみにこの種の亡霊は『アエネイス』巻二にそっくり同じ姿で出現する。ウェルギリウスは、他の多くの箇所でしているように、ここでもホメーロスの忠実なまねびをしている。すなわち、トロイア落城のみぎり、妻クレウーサを見失い、必死に探し求めるアエネアスの前に妻の亡霊が現れ、早く落ちのびよと告げて消え失せる。

「ここで三たびわたくしは妻の頭にわが腕を捲こうとしたが、三度とも空しく幻はわが手より逃れた。あたかも軽い風のごとく、はかない夢にさも似て。」

さらにその後（巻六）亡父の霊に逢うために、クマエの巫女に導かれて冥界に降りたアエネアスは、ようやく父にめぐりあって言葉を交わした後、父の頭のまわりに腕を投げようと空しく三度試みるが、幻は軽い風のように、翼ある夢のように、彼の手から逃れる。

人が死んで「影か夢」のような存在になる過程については、オデュッセウスの母自身が簡潔に説明している。

「……これは人の子の定めなのです。というのは、もう筋は肉と骨とを締め合わせず、命が白骨を立ち去ると、これは燃えさかる強い火が無に帰し、魂はまるで夢のように飛び立ってふわふわ漂うのです。」

これを要するに、ホメーロスでは、プシュケーがその人の屍体の埋葬された所にとどまっているという古い原始的信仰はすてられている。ひとつにはホメーロスの世界はイオニアの開明的な植民市の思想を反映していて、ギリシア本土のローカルな土俗とは一応切れているためであろう。ギリシアでは土葬と火葬とが行なわれたが、ホメーロスの英雄たちはみな火葬され、土葬は一人もいない。肉体を焼き尽くしてしまえば、魂が白骨にとどまるとは考えにくい。プシュケーは「燃えさかる火が無に帰した」あとの白骨を離れ、「人々の影が住んでいる冥府（ハーデース）」へとむらがり寄ってくるのである。

むらがり寄る、といま私は自動詞で記した。たしかに魂はひとりでにハーデースに行くようでもあるが、多くの場合、ヘルメースに導かれて行く。しかもハーデースに至るまでの道中、魂たち（プシュカイ）はどうやら鳥の姿をしていたらしい——少くとも、或る種の鳥の啼き声に似た細い高い声で叫んでいたらしいのである。再びホメーロスにきこう。オデュッセウスの館に入りこんでいたペーネロペイアの求婚者たちが殺され、ヘルメースが彼等の魂をハーデースに連れて行く条りである。

「キュレーネーのヘルメースは求婚者たちの魂を呼び出した。手には、思うがままに人の目を魅し、眠っている者を目ざめさせる見事な黄金の杖を持っていた。これでかれらを狩り出して、連れてゆくと、魂はきいきいと叫びながら、ついていった。ちょうどすごい岩窟の奥で、高いところにつらなっているこうもりの一羽が岩から落ちると、きいきいと叫びながら飛び廻るように、魂たちは救済者ヘルメースに導かれて、かび臭い道を叫びつつ進んだ」（以上の引用いずれも高津春繁氏訳『オデュッセイア』より。傍点筆者）。

ここでは陰湿な道とこうもりとの取り合わせがぴったりであるが、この「鳥のように鳴きたてる魂」は、前章で記した、呼びたて鳴きたてるわが国の魂の鳥＝千鳥を思い起させる。ともあれ魂は、翼をもつばかりでなく、翼あるものの如くなき叫ぶのである。ついでながら、古代エジプトでもそうであったがクレタ文明でも、ハギア・トリアダの棺の彫刻で知られているように、こうもりは死の鳥あるいは死者の魂の鳥であった。現代でもブルンディ（アフリカ、タンガニーカ湖東岸）では、王が死ぬと彼を彼岸に導くため、こうもりが出現するのだそうである。

　さて、冥府では、いつの間にか鳥の属性を失ったプシュケーたちが、生前の姿の写し εἴδωλον（エイドーロン）として、肉体を失って拠りどころのない姿で、影のように烟のように弱々しく暮している。写しであるから生前そっくりの形を保ってはいるが、抱こうとしてもふわりとすりぬける、とらえがたくたよりない存在にすぎない。いや、存在というよりはむしろアノニムの半存在といおうか。生きているでもなく、無に帰したわけでもなく、全く無力で稀薄な形影（スペクトル）——まさに私たちの考える亡霊というものの最も力弱いほうの典型というべきであろう。第一、オデュッセウスの出逢ったプシュケーたちは、彼が犠牲に供した黒い牡羊の血を飲まないかぎり、生者に声をかけることさえもできない。ポジティヴな力を全く欠いているのだ。

　ただし例外的な場合、死者は親しかった生者の夢の中に現われ、語りかけたり願いをのべたりすることができる。アキレウスの夢枕に立った最愛の友パトロクロスの亡霊などはその例であるが、しかしこれとても、一刻も早く自分を葬って冥府の門をくぐらせてほしいとか、きみと自分の二人の骨を一つの櫃（ひつぎ）に収めてほしい、といった類のつつましい願いをのべるために現れたにすぎない。どう見ても、ヘーロースたちでさえ、その霊魂は生者の世界に影響を及ぼすだけのポテンシャルを欠いている。

もっとも、時代が下るにつれて、死者崇拝の特殊な形態が発展し、ヘーロースが英霊として、半神 *ἡμί-θεοὶ* として神に準じた祭儀をうけるようになった。そしてその頃成立しつつあったポリス国家がそのような英霊の力を借りることもあった。ヘロドトスの伝えるところによれば、前六世紀、テゲアとの戦いにいつも苦杯を喫していたスパルタが、デルポイの神託に従って、アガメムノーンの子オレステースの遺骨をテゲアからスパルタに持ち帰って祀って以来、テゲアに対して優位に立ち、やがてこれを征服するに至った。

このように英雄の霊が現世に影響を与えることも絶無ではないが、しかし、この場合も遺骨をポリス国家のために利用したという感じが強く、霊魂の側からの自然放射的な威光というようなものではなさそうに思える。

こういう次第だから、啓蒙主義的古代人であるところの「髪長きアカイア人」たちは、大して死霊の祟りをおそれる必要もなく、この地上の生をほがらかに楽しむことができたのであろう。

ところで、こうもりや蝶は別格として、ギリシア人の場合、一般に翼あるものの中では特に猛禽が魂にふさわしい形、と考えられる根拠があった。なぜかといえば魂は生命の根源たる血によって養われなければならないからである。冥府の亡魂を喚び出すのに黒い羊の血を注ぐというオデュッセウスの行為は、亡魂に活力を与える呪術に他ならない。ことに古典期以後のギリシア人は、すぐれた大人物の魂に鷲の姿を与えることを好んだ。『ギリシア詞華集』巻八に、プラトーンの墓によせるこんなエピグラムが載っている。

鷲よ　なにゆえ墓にとまっているのか
なにゆえ　星々に満ちた神々の宮殿を眺めているのか
——われこそはオリュンポスに飛び去ったプラトーンが魂の姿
　地に生れた肉体は　アッティカの土これを守る

他の人々以上に、プラトーンの魂は翼を生やす理由がある。彼は『パイドロス』の中で、美少年の観照が喚び起すエロースは、翼をもった魂がこの世に生れる前に、あの世で観照した絶対美の想起なのだ、と語っている。美少年への愛によって、男の魂は再び翼を生やすのである。

もっと時代が下って、ヘレニズム期の諷刺作家ルーキアーノスは、『ペレグリーノスの昇天』と題する短篇で、山師的哲学者ペレグリーノスが、自ら薪の火の中に身を投じ、公衆の面前で焼身自殺を遂げたとき、焰の中から一羽の禿鷹が天へ翔け去った、と語っている。プラトーンが鷲ならば、ペレグリーノスは禿鷹くらいが分相応というところなのであろう。

次に今まで述べてきたいささか素朴な、土俗的あるいは寓意的な魂とは別に、ギリシアには東方起源の全く異質なプシュケーがあることを憶い出しておかなければならない。この別種類のプシュケーは天から来て人間の肉体に宿り、やがていつかは肉の束縛を脱して神々の許へ還ってゆくが、罪が完全につぐなわれるまでは、生き替り死に替り、いくつもの個体に宿って輪廻転生をつづけなければならない。伝説的なトラキア生れの詩人思想家オルペウスを教祖とするオルフィック教徒の信じたのがこの不生不滅の神的な魂であった。この霊魂観の出自は東方や北方からの様々な祭儀・信仰の混淆とみるべきだろうし、特にインドの輪廻思想との関連が注目されるが、その由来は複雑で多分に不明の点を残している。もとよりここで、オルペウスが祭司であった秘教的なディオニューソス祭儀に立ち入るつもりはなく、ただ、「肉体(ソーマ)は魂の墓標(セーマ)である」という荘重な句が端的に示しているように、霊性にあこがれ、地上的生活に背をむけた彼らの観念したプシュケーは、現世肯定的な一般のギリシア人の思いもよらぬ、全く逆の性格をもつプシュケーであることを心に刻んでおくだけのことである。

ピュタゴラス教団のプシュケーもオルペウスの徒のそれとよく似ている。この教団の信仰によれば、各人のプシュケーは可視的肉体と共存するもう一つの存在、すなわち影 *εἴδωλον* だが、ホメーロス的な、稀薄で無力な影とちがって、肉体のうちに宿る不死の神霊的存在 *δαίμων*(ダイモーン) である。魂は神々の天から堕ちてきて、牢獄に幽閉されるように肉の裡に閉じこめられている。ここまではオルフィック教徒の考えとほぼ同じで、輪廻転生の思想も同じだが、魂の「形」という点からみて、ちょっと注目を惹く

ところがある。出隆の学位論文から引用させていただくと、

「……肉体が分散すると霊魂はしばらく地下の見えない国に赴き、再びこの地上に帰る。そして不可視的な姿をしてこの生死の世界に浮游する。この派の或る者は、多くの霊魂（プシカイ）どもを繊細な塵埃（ちりほこり）のごときものと想い、また或る者は空中に動いている塵を動かすものと考え、そして彼らはこの微細な霊魂どもが日光のうちに浮游しているのを見るとも言ったらしい」（『ギリシア人の霊魂観と人間学』）。

空中に浮游する微細な塵埃のような霊魂！

プシュケーはここではまさに可視と不可視の境界にある。そして、この埃りのようなこまかい微粒子の一つ一つが一つの魂なのか、それとも魂は多数の微粒子の集合なのか、その辺のことを考えてみるならば、神秘的なピュタゴラスの徒が——少くともその「或る者」が——案外デモクリトスやエピクロスの原子論に近い地点にいることが感じられるような気がする。

デモクリトスについては現存の『断片』やアリストテレスの『霊魂論』の中の紹介から、その説をうかがい知るにすぎないが、彼は霊魂は温いもので、一種の「火」な

のだと考えていたらしい。ついでながら「温い霊魂」と似たような言い方だが、ヘラクレイトスは「乾いた魂」とか「しめった魂」とかいう表現を用いている。「しめった魂」はにぶい魂で、「乾いた魂はこの上なく賢く、この上なく優れている」と。

デモクリトスによれば自然界の構成要素であるあらゆる種類のアトムのうち、球形のものが霊魂なのである（ちなみに火のアトムも球形である）。球形は最も動きやすい形だから、球形の霊魂アトムは「すべてのものを通っていちばんよくわけ入り、自分自身も動きながら、残りのものを動かすことができる」。

私は今まで魂の形を考えるために、肉体を去った魂あるいは遊離した魂ばかりを扱ってきた。肉体の中にあっては魂は機能的にはたらくばかりで、可視的な姿をとらないのがふつうだからである。しかし幸いにしてこの霊的な唯物論者は「球形の霊魂アトム」というぶん可視的な実体を創案しておいてくれた。というよりもむしろ不幸にして、というべきかもしれない。なぜかといえば、私はもっぱら詩的あるいは神話的な「魂の形」を見ていくつもりだったのだが、この独創的なアトミストのおかげで、哲学的もしくは生化学的な魂にまで言及しなければならなくなったからである。

デモクリトスは幾何学に秀でていて、あらゆるアトムにそれぞれ幾何学的な形を想定していたらしいが、「球形は最も動きやすい」ということよりも、むしろ「球形は最も完全な形である」というギリシア的な完全観から、すべてのアトムのうち最も霊妙であるべき霊魂アトムに球体の形を与えたのではないかと私は想像する。この時代にあっては唯物論者も十分に形而上学的であったからだ。余談ながら、球形完全説の一例として、プラトーンは、世界は球形であり、人間の頭部が球形なのは叡智的な魂の座であるからだ、とのべている（『ティマイオス』）。

おもしろいことに、アブデラの原子論者の考えた「玉し火」である霊魂アトムはもちろん生体の内にあって生体を活動させているものだけれども、しかし、空気中にも無数に含まれていて、呼吸の度に出たり入ったりする。とするとこれは、さきにふれたピュタゴラス派の「或る者」の考えた、空中をただよう塵埃のような霊魂という観念とかなり近接してくるのではないか。ただ、体内の霊魂アトムと空気中のそれとの関係は、アリストテレスの説明をいくらていねいに読んでもよくわからない。第一、デモクリトスが霊魂をバラバラの球形アトムの群と見たのか、それともアトムの一定の複合体と見たのかも明らかでない。しかし少くとも後年彼の祖述者たちは、霊魂を球形アトムの複合体と考えた。彼らの中の最も大きな名はエピクロスである。

「霊魂は微細な部分から成り、全組織体にあまねく分散しており、熱を或る割合で混合している風（プネウマ）に最もよく似ていて、或る点では風に、或る点では熱に似ているところの物体である。だが霊魂には、微細な部分から成る点で、風や熱よりもはるかにまさっており、このゆえに、組織体の残りの部分〈肉体〉とも共感して働くところの特定の部分がある」（『エピクロス——教説と手紙』出隆・岩崎允胤訳、傍点筆者）。

　肉体と共感して働くところの特定の微細な部分——いわば活性の中心——をもつからには、霊魂と呼ばれる物体はアトムの単なる集合ではなく、アトムから成る構造体と見なければならない。

　しかしながら、霊魂なしには肉体は感覚をもたないとはいえ、必要条件（肉体）を欠いた霊魂そのものが単独で感覚することはできない、とエピクロスは明言している。つまり、原子論者たちの考えた霊妙な働きをもつ物体であるところの霊魂が、肉体を離れたり死後存続したりすることは決してありえないのである。

いうまでもなく、原子論者の観念した哲学的な霊魂は一般のギリシア人には縁遠いものだったし、オルペウス教団の「肉体に幽閉された神的な霊魂」でさえも、本来のギリシア的な現実肯定とは異質の思想であった。民衆は漠然と、死後肉体を離れてふわふわと漂ったり、翼を生やして飛び去ったり、ハーデースの館に住む影のうすいプシュケーを信じていたが、それも夢の中の人物を信ずるような信じ方であったように見える。第一、ハーデースの館なるものが、地下にあるのか、オーケアノスの流れの彼方にあるのか、それさえはっきりしていなかった（わが国の根の国底の国常世の国が地下にあるとも海の彼方にあるとも観念されたと同様である）。一般にギリシア人は死後の応報の観念に乏しく、彼らの楽土であるところのエリュシオンの野や至福者の島々（マカロン・ネーソイ）におもむく人々も、必ずしも生前の善行や功業に報いられたという感じではない。少くとも名も無き民はそうした楽園には行けなかったようで、行けたのは神に近いところに位置する撰ばれたる英雄たちであり、しかもその撰ばれ方の基準もあまり明確ではない。要するに死者とは、影の国の影の人々にすぎないのである。

とはいうものの、アンテステーリアの祭の風俗に見られるように、今に残る文学作品などにはあらわれてこない、もっと原始的な土俗の奥には、おどろおどろしい濃密な霊魂の影がひしめいていたにちがいないので、ギリシア人のいわゆる「晴朗さ」とは、所在も明らかでないハーデースの不気味な闇をたえず意識下に感じながら、それにもかかわらずこの世の光に照射された輪廓あざやかな風景の中に現在人間があることについての、せつない至福感といったものではなかったかと思われる。

5　オシリスの国

美しい神殿はもっていても壮大な墳墓や霊廟をもたず、簡素な火葬か土葬で死者を葬って、屍体の永久保存などをあまり考えなかったギリシア人とはことかわり、巨大なピラミッドやミイラひとつみても、エジプト人の生活において死というものの比重がどんなに大きかったかがうかがえるだろう。ありていに言って、私にとって古代エジプトとは気の遠くなるほどはるかな過去のものであり、その最後のプトレマイオス王朝を考えれば私たちにややなじみぶかいギリシア・ローマ時代と重なっているものの、紀元前三十世紀というような古王朝時代のことなどは、砂漠と石造の遺構という無機質の風景が必要以上に想像を刺戟するせいもあって、ほとんど劫（カルパ）などという単位を用いたくなるほどの、絶大な時の距りの彼方にある気がするのだ。現に私たちに残された古代エジプト人たちの生の痕跡はといえば、神殿の廃墟やわずかばかりのオベリスクやスフィンクスの類をのぞけば、ピラミッドに代表される墳墓とそこに眠るミイラたち、つまり墓と死者にほかならない。文字による記録として遺されたものにしても、古王国時代には、ピラミッドの内壁に刻まれた死者のための呪文のような、いわゆる「ピラミッド・テクスト」、中王国時代には棺に記された「柩棺文」の類、時代が下ってパピルスが多く用いられるようになってからも、いわゆる「死者の書」のように死後の霊魂に関するものがすこぶる多い。

もちろん神話や『死者の書』以外にも、かなりの数の物語や、教訓など、「文学」のジャンルに入る書きものが残されていることはたしかだけれども、なにぶん、茫大な歴史の長さに比してあまりにも記録が少なすぎる。そのうえ、たまたま、神話宗教関係以外の文書で私の読んだものが、(ふつうの文学のつもりで読んだのが)欠落だらけで筋もつかめないながら、墓を造ってもらいたがっている幽霊の話だの、死んだ王が息子に与える教訓だの、とにかく死者が主人公になっている話が多かったので、なおさら、少くとも私の貧しい先入主からすれば、古代エジプトに関して、私たちは、愛したり争ったりしていた生者についてよりも、死者の消息について、まだしもいくぶん通じていると言えるような気がしている。あえていうならば古代エジプトとは、それが生きていた数千年の歴史を通して、つねに巨大なネクロポリスであったとさえ思えるのである。

御承知のようにエジプト人は古代化学技術の粋を尽してみごとなミイラを私たちに遺してくれた。ミイラ造りの技法は古王国時代（BC約二七〇〇〜二二〇〇）にかなり進歩したがまだ一般に普及してはいなかった。その後統一王朝の崩壊や、再建後も混乱のあった中王国時代にいくぶん技術が低下し、新王国時代（BC約一六〇〇〜一一〇〇）に製法に各種の改良がほどこされ、末期王朝時代（BC約一一〇〇〜三三〇）の前半に、ミイラ技術は最高のピークに達したそうである。

腹を裂いて内臓をとり出すとか、曲った細い刃物を用いて鼻孔から脳髄を摘出するとか、そんなやり方を読むと、ミイラ造りというのは肉体に対する残酷な凌辱にすぎないような印象を受けるが、空にした腹腔に没薬（もつやく）や肉桂をふんだんに詰め、縫合わせてからさらに数十日間も天然ソーダに漬ける、というような面倒な手続きをもいとわず、屍体の保存ということに執着したエジプト人の心理は、あっさりと遺骸を火で焼いて灰にしてしまう私たちの想像を絶している。しかし、かたく永生を信じ、それほどまでに屍体の保存に配慮してはいるものの、人間の朽ちやすい肉体が死後再び立ち上る、とは信じていなかったようだ。次の銘文は「肉体が地中に横たわっている一方、霊あるいは魂は天に住む」という観念が、古王朝からプトレマイオス時代まで、ひろく行きわたっていたことを示している。

1　魂は天に、肉体は地に（第五王朝）。
2　汝の本質（精髄）は天に、汝の肉体は地に（第六王朝）。
3　天は汝の魂を保存し、地は汝の肉体を保持す（プトレマイオス期）。

この1の銘文に出てくる魂は、コウノトリかトキか分明でないがヒエログリフによく見かける「魂の鳥」形をしている。魂の象形の一例としてここに1の銘文（ピラミッド・テクスト）を引用し、構文の関係で日本語だと語順が狂うのでウォリス・バッジの英訳をそえておく。

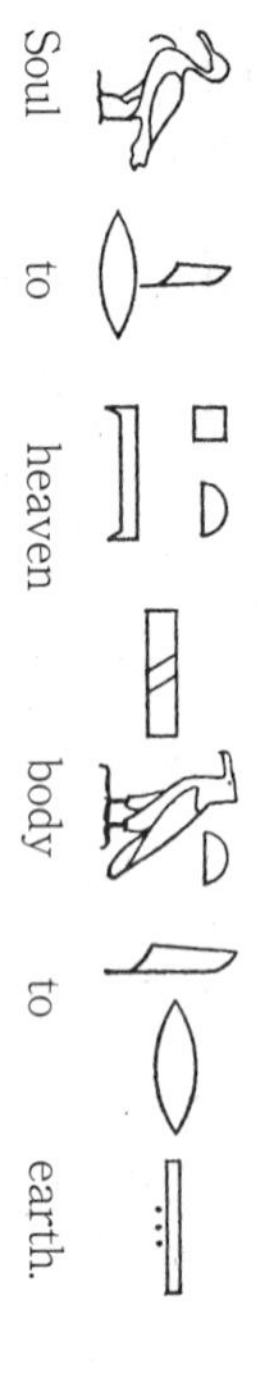
Soul to heaven body to earth.

要するに、肉体は墓所を離れることはできないし、立ち上って地上に再び現れることもない。にもかかわらず屍体の保存は必要なのだ、というのがエジプト人の死生観のふしぎなところなのである。そもそも冥府の王であり死と復活の神であるオシリス自身、肉体をもっていたがゆえに復活できた、と言い切ることができる。弟セトに殺されても、妃イシスがその寸断された死骸を探しあてたからこそ復活できたのだ。肉体が残っていなかったら、いかに大女神の力をもってしても、よみがえりは不可能であったという隠された文脈をよみとることができるのである。

さて、埋葬された人間の死体は、死者の王オシリスの支配下に入る。「父なるオシリスよ、われは来りぬ。われはわが肉体を腐敗せしめざるよう、香料もて燻じたり。――（中略）――来りたまへ、形相よ、汝が気息をわれに与えたまへ、気息の主よ……」（トトメス三世のミイラの屍衣に記された祈禱文より）。

肉体は墓の中で無為に空しく横たわっているのではない。埋葬のときの古式に則った祈禱と儀式とによって、肉体はサーフー（SAHU）と呼ばれる「霊体」に変ずる力を賦与されているのだ。「汝が気息をわれに与えたまへ」と祈るその気息は、「口開きの儀式」のさいに司祭が斧と鑿とで遺体の瞼や口を開く所作を行った後、駝鳥の羽で遺体に風を送りこむとき、死者に吹きこまれるところの「永遠のオシリスの気息」に他なるまい。だからこそ、死者は「われは植物のごとく芽吹かん」（『死者の書』）と語ることができるのであろう。この「芽吹く」というのはきわめてオシリス的な表現と思われる。オシリスはもともと、（ギリシア神話のアドーニスなどと同様）年ごとに枯死しては再生する植物神だからである。そして、正しい儀礼によって葬られ、死後の審判（後述する）で正しいとみとめられた死者はオシリスと同化し、天に挙げられるが、さきほどのべたように、自然的肉体は地中にとどまり、霊魂だけが天に住むことができる。従って、「植物のごとく芽吹く」のは自然的肉体つまり屍体そのものではなく、霊化した肉体——霊体（サーフー）なのである。

エジプト人の霊魂観はきわめて複雑で、霊肉の二元論で割切れないばかりか、中国風に霊を魂魄二元にすっきりと分けることもできない。いうなればエジプトのは霊魂多元論とも称すべきもので、主なのはカーとバー（またはバイ）とクー（またはアクー）であるが、少し立入って調べてみると、人間の魂あるいは霊的部分は少くとも八つ数えられる。ここでひとつひとつ詳説することはしないが、話の都合上、手短かな説明を加えながら稿を進めていきたい。

まず、最も有名なカー KA について。

カーはふつう複（double）と訳されるが、その概念については学者間の意見が区々（まちまち）である。ということはつまりエジプト人のカー概念がそれほど一定していなかった、ということになろう。一般的にいえば、カーはきわめて人間的で個人的な性格のすべての属性をそなえた抽象的なパーソナリティで、独立の存在をもち、自由に場所を移動し、意のままに肉体から離れたり結びついたりする。そして天で神々と共に生をたのしむ。

カーの同義語としては、ギリシア語の影霊（エイドーロン）が最も近いように思うが、しかし、プラトーンのイデアはカーの観念の最終の発展段階を示す、という見方もある。この見解によれば、カーは心の内に抱かれた対象の反映だが、心の所産ではなくそれ自体独立の存在を有する。対象から分離するばかりでなく、幻影の如き対象に生命と形態を与える。そして人間だけでなく万物にはすべてカーがあるのだ（万物にはすべてイデアがあるように、である）。

カーとそれを有する人間との関係は、「概念」と「言語」の関係のように、一方が他方を規定しているという見方もある。人が生れる前は未だカーは存在していないが、一たび生れた以上はカーが存在し、しかも不朽なのである。カーが肉体を離れれば肉体は亡びる。

エジプト的心情にとってどんなにカーが大切なものであったか、それを想像するためにはカーの象形そのものを考えてみるのがよいだろう。カーのヒエログリフ𓂓は、エジプト語では「支える」または「抱く」のしぐさをあらわしている。カーはこの世でもあの世でも、われわれを支えるもの、抱いてくれるものなのである。

カーは肉体から自由に離れることはできるが、それが生命体として生きつづけるには、カーの主な棲み家である遺体をできるだけ完全な姿で、永く保存しなければならない。カーが帰来するとき、その棲み家が朽ちていてはいけない。ここにエジプト人のミイラつくりの信仰上の根拠があった。それにまた、カーは食物を摂る。従って酒やパンや肉を供えることが必要になる。まるでエジプト人はカーの生存のために絶え間ない供物が要ると考えていたかのようだ。実際上それが不可能になると、墳墓の内壁に描かれた供物で間に合わせる。「画にかいた餅」は生者の祈りによって、栄養ある実質的な食べものに変ずる。描かれた供物さえもない場合には、カーは死なねばならぬかのようであるが、しかしそのことを具体的に定義したテクストは存在しないようだ。

また、カーは人間の彫像にも宿る（神のカーが神像に宿るように）。とすると、仮にミイラが壊されたり失われたりしても、彫像があるかぎり、カーは安泰なのであろうが、どうもその辺は、エジプト人自身にとってもはっきりしていなかったのかもしれない。

いずれにせよ、カー（複）という存在が、霊魂というにはあまりに、遺体とか彫像とか供物とかいう現世的なものに依存しすぎているのに対し、死後、疑いもなく永遠の生を享受すると信じられた魂がバー（BA）とクー（KHU）である。

バーは崇高、高貴を意味する語であるらしく、魂、あるいは仮に心魂あるいは心臓魂とでも訳しておこう。なぜかというと、バーは肉体とカーとが一体となって一人の人間ができあがるときにあらわれる霊魂で、人間の生命原理の一つと考えられ、とりわけ心臓と密接な関係にあるからである。

バーの実質はきわめて精煉された大気的なもので、形象としては黒いコウノトリ、第十八王朝以降はおおむね人頭の鷹で表わされる。

四、五世紀頃の博学なエジプト人ホラポロンの著『ヒエログリフィカ』（エジプト語で書かれたが、ギリシア語訳の写本が現存している）の霊魂の条りによればバー（バイ）と心臓との関わりは語源的に立証されるそうである。すなわち、「鷹が霊魂の象徴であることは、その名前の解釈からして明白である。なぜかといえば、鷹はエジプト人によって《バイエト》と呼ばれた。この名は《霊魂》と《心臓》から成る。というのは、バイは霊魂で、エトは心臓だからである。そして、エジプト人によれば霊魂は心臓に宿る。したがって両者が結合した語《バイエト》は《心臓魂》の意をもつ。それゆえ鷹もまた霊魂と同様の性格をもち、水を飲まずして血を飲み、霊魂もそれによって養われるのである。」

ヒエログリフやエジプト語の知識に乏しい私にはこの説の当否は判断できないが、しかしバーはバイとも発音されるし、心臓はイブというが、へーテあるいはへートとも呼ばれていたことはたしかである。ホラポロンのヒエログリフ解釈は時として精神病的妄想と称せられるほど珍妙な思いつきに満ちていることは周知の事実であって、別にこの「心臓魂＝鷹」説を擁護するつもりはない。しかしこの解釈はエジプト人の伝統的な霊魂観とあまりにも一致しているように思えるので、もしこれが誤りであるとすれば、ホラポロンは伝統的な霊魂観から逆に鷹の語源をこじつけた、ということができるのである。

『死者の書』の代表的なテクストの一つであるアニのパピルスに、アニのバーがアニ

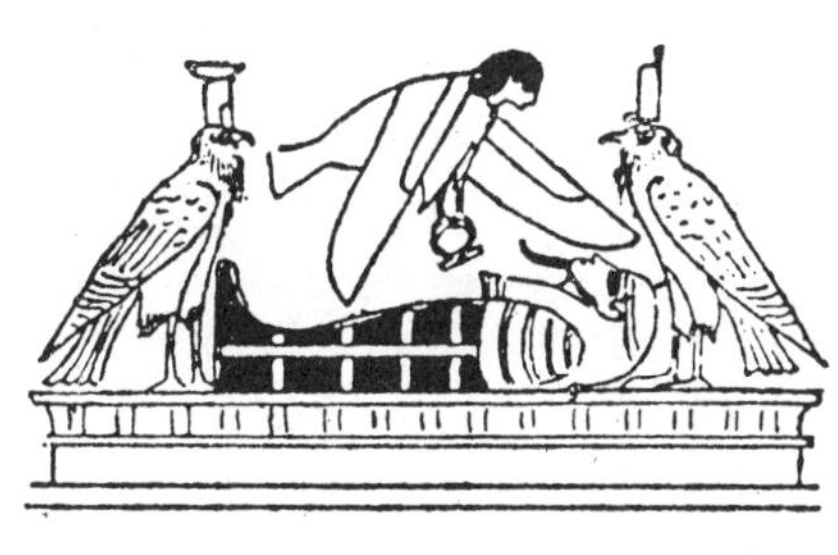

のミイラを訪れるところが描かれている（上図参照）。横たわったミイラの上に、翼をひろげた魂（人頭の鷹）が、顔をのぞきこむようにして、おおいかぶさるように飛んでいる――というよりむしろ漂っているのを読者はごらんになるであろう。鷹の爪が摑んでいる Ω 型のものは、永遠の象徴たる「太陽の軌道」シェンである。

　このように、バーは墓中の遺体を訪れ、再び活気を与え、それと語り合ったりする。どんな形姿をも意のままにとることができるし、天におもむき、完全な霊魂たちと共に住むことができる。

　カーとバーに関連して、カイビット（KAIBIT）すなわち「影法師」というものに言及しておかなければならない。エジプト人はこれを人間の有機的営みの一部とみなしていたからである。カイビットはギリシアの影（スキアー）（σκιά）、ローマの影（ウンブラ）（UMBRA）と比べられよう。全く独立の存在で、肉体から分離し、どこへでも行くことができる。ピラミッド・テクストにはカイビットへの言及はないが、『死者の書』九十二章にこんな句がある。

わが魂を閉じこめるなかれ。わが影（カイビット）を束縛するなかれ。わが魂とわが影とに路をひらけ、それが偉大なる神を視るように。

さて、人間のもうひとつの重要な、あきらかに永遠の部分はクー（アクー）である。語の意から判ずると「輝ける」あるいは「透明な」霊魂である。ピラミッド・テクストによれば、神々のクーは天に住み、人間のクーも死後直ちに天におもむく。象形としては、クーは冠毛を頂いたトキの姿であらわされることが多い。

もっとも、「輝ける透明な霊魂」という天上的イメージと矛盾するような、怨霊あるいは物（もの）の怪（け）としてクーが考えられる場合もある。クーがとり憑くと病気（神経症）になるので、その場合は神官がお祓いをしたり、祈り伏せたりしなければならない。

有名な物語で一例をあげるならば、バクタンの王女が病にとりつかれたとき、コンス神の像を運んでいって、その神威でクーを祓う、という『バクタンの王女』の話がある。

カー、バー、クー、それにカイビット、これで大体、主な魂を列挙したことになるが、しかし、これがすべてではない。まだ、セケム（活力のようなもの）とレン（名前）とがある。多くの古代人にとって人間の名は単なる記号的な呼称ではなく、呪術的神秘性を帯びたものであったが、エジプト人は彼等独特の思考法で、名もまた天に住む、と信じた。ペピ王のピラミッド・テクストに、「ペピは彼の名とともにあって幸いなり。ペピは彼のカーとともに住めり」とある。

以上をまとめてみると、人間は次のもの各一つずつから成り立っている。

1　自然的肉体

2　霊体　SAHU

3　心臓　IB

4　複　Ka
5　心魂　Ba
6　影　Kaibit
7　霊魂　Khu または Iakhu
8　活力霊　Sekem
9　名前　Ren

1を除いて2以下が人間の霊的部分（あるいは霊的要素）と考えられる。この中で、供物に依存しないのは2、7、9である。心臓を自然的肉体のうちに含めなかったのは奇異に感じられるであろうが、エジプト人にとって心臓は肉体と魂を密接させる特権的な内臓であり、生命力の座であるばかりでなく、感情知性意志の大中枢であったので、ミイラを造るときにも、脳髄はぐしゃぐしゃに潰してひきずり出して平気だったが、心臓だけは大切に体内に残しておいたのである（残さぬ場合には心臓の代りに貴石で彫刻した大型の聖甲虫（スカラベ）を入れておいた）。

ともあれ、人間というものを形づくるこれら九つの要素の、すべてが不可分に結びついており、どの一つがわるい状態に陥っても、全体の福祉にかかわるのであった。だからこそ、霊魂の幸福のために自然的肉体の腐朽を防ぐことが必要だったのである。

不死のものとなり、神オシリスに同化された個々の人間をオシリスと呼ぶが、この消息はわが国で人が死ねば仏になる、というのといささか似ている。ただし、天における人間のオシリスの生活は霊的でありながら同時に肉体的ないし物質的であることを決してやめないのである。どうやらエジプト人は、肉体の事柄と魂の事柄とを混同する先史時代からの古い思考法を断ち切ることに決して成功しなかったように思えるが、「成功しなかった」などというのは、霊肉の二分法に慣れた私たちの側の身勝手な判断にすぎないのかもしれない。一見奇妙で矛盾だらけのかれらの霊魂観は、生と死の際どい微妙さを身にしみて知っていた古代人の、精一杯に合理的な生命解釈と見るべきなのであろう。

たしかに彼らは人間の非肉体的な不死の部分を信じていた。それの構成要素は死後天上に翔り去るのだが（主としてコウノトリあるいはトキ、場合によっては鷹の姿

で）、しかし、昇天の手段として梯子もまたきわめて重要であった。たとえばウナス王のピラミッド・テクストによれば、

ラーの造りたもうた梯子によりて王は昇る。ホルスとセトは王の腕をとり、曙の国へと導く。

第六王朝の神学者たちは、死者の或る部分は梯子によってのみ天に昇りうると断定していた。ペピ王のピラミッド・テクストでは、王は梯子そのものと同一視されてさえいる。

彼はそこ（天）に、梯子の名において入りゆく。
めでたし、神の梯子よ、めでたし、セトの梯子よ。

後のは、死せる王への呼びかけである。墓場に梯子を供える習俗はエジプトに限っ

たことではないだろうが、死者が梯子そのものと同一視される例が他にあるかどうか私は知らない。

さきほど記したように、心臓は生命の座であるばかりか、感情や意志の大中枢であり、善悪の思考もここで行われたので、これはただの重要な内臓ではなく、ほとんど可視的な霊魂といってよいくらいのものであった。だからこそ、死んだ人間が「死者の審判」を受けるときに、死者の心臓が「魂の計量（プシュケー・スタシス）」のため、秤にかけられたのである。

『死者の書』は、この「魂の計量」をもっとも重視しているので、天秤の一方の皿に心臓をのせた「死者審判図」は幾つも現存しており、すでに御承知の読者も多いであろう。オシリスを裁判長とするこの法廷の情景は、パピルスによっていろいろなヴァリアントがある。しかし肝腎の天秤はつねに変らず、一方の皿に心臓（正確には、心臓を容れた壺）、もう一方の皿に一枚の羽根かまたは小さな女神像がのっている。この女神は法と真理の神マアトであって、頭に一枚の駝鳥の羽根をさしている。従って羽根はマアトの象徴と考えられる。秤の目盛を見守るのは山犬の頭をした神アヌビス、記録係の書記はトキまたは狒々(ひひ)の頭をした智恵の神トートである。

さて、秤はどっちへ傾けばよいのか？『死者の書』には、「死者の心臓が冥界において謀反するのを防ぐ」一節があって、そこでは死者が心臓に向って、「おおわが心臓よ、わが母の与えられしものよ、われに謀反するなかれ。秤の番人の居る前で、われに反抗して重くなるなかれ」と命じているところをみると、心臓が重くなることは死者にとって不都合なことであったにちがいない。さりとて、むやみに心臓が軽ければいい、というものでもないらしく、秤が水平でどちらへも傾かず、両者の重さが正確につりあうのがいい、という結論が妥当なようである。少くとも、どの魂の計量の図でも秤の桿はみな水平である。

この「魂の計量」の際に、死者は自分の無実潔白を申したてる。「私は嘘をつかなかった。人々に悪事を働かなかった。神々を冒瀆しなかった……」という具合に。おもしろいことにこの審判はこうしたネガティヴな無罪性のみがあげつらわれて、「これこれの善行をした」という積極的な評価はあまり問題にならないらしいのである。オシリスがとりわけ重視するのは「嘘をつかなかった」ということで、虚偽はこの神の最も忌みきらう悪徳であった。『死者の書』には、「そのことばが真実であるところの誰それ……」という言い廻しが至るところにみられる。

ところで、有罪とみなされた死者は、かたわらに控えた怪物（頭部はワニ、体の前半分は獅子、後半分は河馬）にたちまち貪り食われてしまう。しかしただそれだけのあっさりした罰で、地獄に落ちて無限の苦しみを味わう、とか、煉獄で贖罪する、とかいうような、ややこしい仕組みにはなっていなかったようである。第一、死者が自分の行為に自信がもてないときには、「私は悪事を働いたことがない」などと弁明のきまり文句を述べるかげで、或る呪文を唱えると裁判官の神々をだますことができる、と書かれたものさえあって、誰もがそんな結構な呪文を知っていたら、楽園に行かれぬ死者は一人もいなくなるのではないかと思われる。

ともあれ、審判に合格した死者は、オシリスの御前に出ることをゆるされ、楽園に住居を与えられて安らかな死後の生をたのしむことになるが、しかし、天上に行ったきり、ということにはならないようだ。さきほどのべたように、人間の霊魂の中でもとりわけカー（複）は、よく保存された屍体や供物、あるいは少くともそれらの似姿がないと生きていけないのではないかと思われるほど、物質的なものに依存しているが、このカーは、昼間は墓所にいて、生前と同じような生活をすると信じられた。盗掘にあっていない王墓から出土した数々の黄金製や雪花石膏の豪華な室内調度品がその信仰を裏づけている。カーばかりでなく、心臓を座とするバー（心魂）も幾分カーの性質を分有しており、カー、バー、クー、その他の諸要素の総体としての人間の死者は、（楽天的な系統の神学によれば）昼間は墓所にいるが、暗い夜を好まず、太陽が西に沈むと、太陽の舟に乗って、大地の裏側の明るい世界に行って朝を待つ。その裏側の世界がオシリスの国であって、舟から降りてその楽園で神々や正しい霊魂たちとともに楽しい時をすごす。朝が来ると、太陽の舟に乗って、ふたたび自分の墓へと帰ってくるのである。

死者が太陽の舟に乗る、とはいかにも美しい詩的な表象であるが、太陽の舟が西に沈んで大地の裏側へ行くということからして、死の国のイメージが対照的な両義性を与えられている。つまり、オシリスの国は天上でもあり地下でもあるのだ。それは、トキやコウノトリや鷹の姿をした魂がはばたいて翔り去る陽光燦々たる天空であると同時に、供物をそなえられたミイラがひっそりと横たわる暗い墓室に他ならないのである。

そして、オシリスの豪華な神話と、死後の生活についての楽天的な予想とが大いに語られる一方で、こんな風な苦い忠告を生者に与える死者もあった——「飲めよ、食えよ、女の愛を楽しめよ。地上に生きてある間はくよくよ思いわずらうな。なぜかといえば、地下の国は重苦しい夢と闇の国であり、そこに住む者は二度と外へ出られない。目をさますこともない……彼らの心は冷えきっている……私は水の流れと河の微風が欲しい。それによって心の痛みを和らげてもらいたいのだ。」

冥府に降ったオデュッセウスの前に現れるアキレウスの亡霊のように、このエジプトの死者も、黄泉の国の王となるよりはこの地上で奴隷として生きる方がのぞましいと思っているのである。

6　ラーの舟

さきに私は古代エジプトとは、それが生きていた数千年の歴史を通して、つねに巨大なネクロポリスであったとさえ思える、という私の初歩的な印象を記した。たしかにエジプト人は「生志向型」というよりは「死志向型」であったと断定してもさしつかえないであろう。前一世紀末、『ビブリオテーケー』の名のもとに古代史家から採録した世界史を著したシチリアのディオドーロスがいみじくも述べたように、「エジプト人は彼らの住居を仮の宿と呼び、彼らの墓を家と呼ぶ」のである。ちなみに古代エジプト語で墓は「永遠の家」であり、墓場は「永遠の町」である。

この世は仮の宿——この観念はキリスト教にも強いが、しかしキリスト教徒は彼らの墓を竟(つい)の栖家(すみか)とは考えないであろう。エジプト人にとって墓の堅固さは死後の生命の永続のために必要なものだった。なぜかというと、前にのべたように、屍体の保存が永生のために重要なことであったとすれば、その大切なミイラを無事保存するためには堅牢な墓が必要であったからだ。

そういうわけで、この世の生活の場である住居は、たとえ王の宮殿といえども日乾煉瓦で造られ、永遠の存在である神を祀る神殿と、永遠の生命を獲得した死者のための「永遠の家」だけが、石材を組み、あるいは岩盤を掘って構築されたのである。

私はさきごろ、日本のどこかのテレビ局がエジプト政府の許可をとって、クフ王の大ピラミッドを遠くにのぞむ地点に、昔と同じ工法でごく小規模のピラミッドを造るのを映像で見た。ピラミッド建造の困難は昔からよく語られているが、これだけ小規模のものを造るのでさえ、人智と人力の限りを尽してようやく成しうることであり、まして五千年前の技術で、何百万個もの巨石を切り出し、それを運び、積みあげていくのは、ほとんど人間業ではないことを、建築家や石工を主力とするこのスタッフたちが痛感していることが、テレビの画面からよく見てとれた。そして宗教心のない、古代エジプト的要素を全くもたない彼らですら、現地のエジプト人の協力を得てこの古い歴史の地に巨石を運び、築く、つかのまの事業（なぜならこのピラミッドは建造後すぐにとりこわされた）に参加することに、多分の滑稽感や空しさと同時になにやら言いしれぬ昂揚を感じたらしいことも、テレビ局の説明の効果ばかりではなく、見る側にじかに伝わってくるように思えた。

ヘロドトスがクフ王の伝説的な悪口を書いて以来、ピラミッド建設は悪政の見本のようにみなされる傾向があったけれども、実情は専制君主の墓を造るために権力にものをいわせて奴隷たちを酷使した、というようなものではなかったであろう。第一、古王国時代には、まだ、奴隷制度は確立していなかった。石切場で軍事捕虜が働かされていたのは事実だけれども、建設に直接従事したのは農民で、現物給与をうけ、生活を保障されていたことが確められている。神ラーに同化する王の永遠の生命のために——そういう宗教的昂揚がなかったならば、鞭をふりあげるだけでは人々は動かなかったであろうし、支配者としても国家の財政を危くし、たちまち叛乱の予想されるような、そんな危険を冒してまで、桁はずれに巨大な墳墓を造ろうとは思わなかったにちがいない。

古代エジプト国民の総力を結集した国家的大事業としてピラミッドは築造された。ヘロドトスによれば「つねに十万人が三ヶ月交替で働いた」というのだが、事業に動員された民衆の労苦が、単なる受難にすぎなかったのか、それとも人類はじまって以来の偉業に参加するよろこびに満ちたものであったのか、わたしたちにはただ両方の想像を逞しくすることができるばかりである。

この世での彼らの命は短かった。成人しえた人々だけを統計にとっても、推定、三十年ないし四十年が平均的寿命といわれている。そして太陽と砂漠とは絶対的な永遠の相のもとに彼らを支配していた。他の民族にとってそうである以上に、エジプト人にとって、永遠とはいやが上にも永遠なるものであり、この世の命はいやが上にも短いものであったにちがいない。老い衰えて死ぬのならばあきらめもつこうが、多くの人が壮年で死ぬとなれば、なおさら生は美しくいとおしかったであろう。「飲めよ、食えよ、楽しめよ……」という生者への忠告が墓の中から聞えてくるのは当然である。彼らの「永遠の家」であるところの墓室の中で、不朽のミイラの姿で横たわり、充分な供養をうけながらこの世の延長のような永生を享受しようとする彼らの強烈な願望は、この「命短し」の痛切な感懐なくしてはありえなかったと思われる。そして「楽しめよ」の声が羅典頽唐期の carpe diem（今日の花を摘め）のデカダンスに近かったとしても、まだその傾向が一般化するほど人々が永生への信仰を失うことはなかったのである。

エジプト人は誰もが不死をのぞんでいたが、その上に神の如く君臨するファラオにいたっては、不死をのぞむというようなものではなかった。断じて死なぬことが王の意志であった。この意志の強さ大きさがとりもなおさず墳墓の巨大さなのである。東洋の専制君主は不老長寿の仙薬を求めて人々を東方の島に遣わしたというが、ファラオは長寿をのぞむ必要がなかった。不死であることを決意していたからである。

さきに断定した通り、エジプト文明はたしかに「死志向型」といえるが、ここで志向される死とはあきらかにニルヴァーナのような無化ではなく、反対に、堅固な永遠の相のもとに保証された死後の生にほかならない。死後の生に比べれば、うつし世の生はあまりに短くはかないものなので、その軽重が日乾煉瓦と石材の差となってあらわれてくるのである。

ところで、サッカーラにある古王国第三王朝始祖の王墓が、第四王朝以降のピラミッドのようななめらかな四角錐ではなく、外廓がスケールの大きな階段状の段層になっていることはよく知られている。六つの段層から成るこのジュセル王の階段ピラミッドは、従来の台形墳墓（マスタバ）を六つ重ねたもの、と説明されているが、しかし、結果はあきらかに天に昇る階段の姿をしていて、おそらく設計者の意図もそこにあったと思われる。また、後代の多くのピラミッドにも階段状の内部構造があり、これまたファラオの昇天のための設備と見ることもできよう。少くとも次のピラミッド・テクストはこの見方を裏づけているようである。

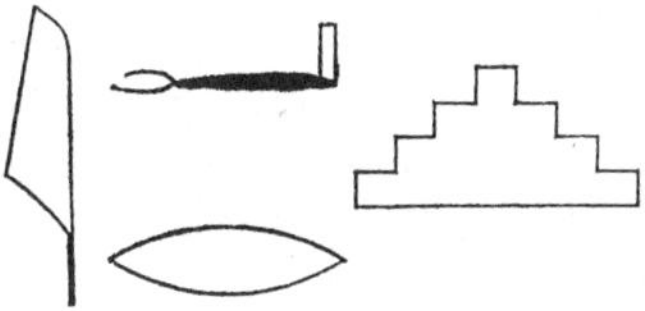

> 天空への階段が彼（王）のために設けられる。それによって
> 天にのぼるために。

第一、ピラミッドということばはギリシア語だが、エジプト語で

はメルまたはムルといい、これは「のぼる場所」の意なのである。また、エジプト語のイアル（登る）の決定詞は古王国時代では階段ピラミッドそのものの形をしている。なお前頁の図は、「登る」、「上昇」を示すピラミッド時代の聖刻文字（ヒエログリフ）である。

さて、魂を指示する象形文字が端的に示しているように、エジプトの死者の魂は鳥の形をして天へ飛び去ることができた。その他、天への昇り方としては、香を燻ゆらすときの煙にのって昇ることもでき、また、竜巻にのって昇ることもできたが、何よりもエジプト的なのは太陽光線をつたって昇るという方法である。

> 天は汝のために太陽の光線を強めた。汝がラーの眼として昇天するために（ピラミッド・テクスト）。

砂漠の強烈な陽光は太陽神ラー（正しくはレーだが、本稿では耳なれたラーという名を用いる）に到るための最も有効な捷径であったにちがいないが、ここで思い合わされるのは、ピラミッドの四つの稜線そのものが太陽光線を暗示しているという説である。頂点において結ばれた四つの稜線を太陽光線とする見立て方は、段層を設けて天への段階とみなすのよりも、「進歩」しているといえるだろうが、くりかえし言うようにエジプト人は魂の事柄を肉体から切り離してしまうことはなかったので、天への梯子の考え方も決して廃棄されることはなかった。

テーベのネフェル・ヘテプの墳墓（第十九王朝初期）の壁に、こんな銘文が彫られてある。

……地上で生を営むものの存続期間はといえば、それは一種の夢にすぎず、さればば西土（彼岸）に到る者には、ようこそ、やすらけく、すこやかなれ、と人は挨拶する。

人生は夢——この永遠のテーマは、古代エジプトにおいてすでにトポスとなっていたらしいのである。彼岸が夕日の没する彼方にあるのは仏教の阿弥陀浄土と同じだが、エジプトの場合、特徴的なのは、ナイルの西岸が代々の王の墳墓の地であったという事実である。サッカーラ、ギザ、ダハシュル、メイドゥム、さてはテーベの王陵の谷にいたるまで、主なネクロポリスはことごとくナイルの西岸にある。王の遺体は東から西へ、ナイルを渡って「彼岸」に達するのである。いや、王ばかりではない、庶民も、ナイルの西に埋められることが切実な願いなのであった。

たしかに、オシリスの楽園（少くともその入口）は西方にあった。しかし、じつをいえば、太陽神ラーの天国は東方にあった。これは相容れない思想のように思えるが、この混乱はエジプト人のオシリス信仰とラー信仰とが混淆した結果なのである。先史時代から頭南左脇に、つまり西に顔を向けて葬る風習があったところを見れば、西方浄土の観念はきわめて古いと思われる。しかし、大乗仏教でも、阿弥陀浄土は西方であるが、観音の補陀落浄土は南方と観念されたように、エジプト人の来世観でも二種の天国が併存していたもののようである。

ピラミッドの造営された古王国時代には、少くとも王家の宗教はラー信仰であった。ラー教では、東方は太陽神の生れるところ、諸神の集うところであり、天空に通ずる門と、生命の樹たる無花果（いちじく）の巨樹のそそり立つところであった。そして太陽の舟に乗ることができるのはラーの子たる王のみであった。それが時代が下るにつれて、一般人もラーの舟に乗れる、という思想に変ってくるのだが、その変化の過程には、ラーとオシリスの混淆があり、ラー＝オシリスという呼び方さえ行われるようになる。

つまり私たちの頭を混乱させるエジプト人の来世観の複雑さは、死後西方のオシリスの楽園に赴き、オシリスと合体して永生を得る、という思想と、東方にあるラーの天国に昇天し、太陽の舟に乗ってラーと合体する、という思想がごちゃまぜになっているところにあるのである。古王国の初めから、王朝の栄枯と平行して、様々な系統の神学が興亡し、あるいは統合し、その神統譜はじつに錯雑をきわめている。中王国末期以降オシリス教が優位に立つが、しかし、ラーの舟の観念は依然として強固である。新王国初期（第十二王朝）以降、死者の国は地下におかれ、オシリスがその王となる。ラーは夜ごとに冥界を訪れ、死者に光といくばくかの歓びをもたらす。しかし前章でのべたような、昼は墓所にいて、夜は太陽の舟に乗って地球の裏側のオシリスの楽園に行く、という思想も棄てられていない。暗い冥界の王あるいは楽しい西土の主であるオシリスの両義性はとりも直さずエジプト人の死後の両義性であろう。

こまかいことをいえば、太陽神の地下の旅がどのようなものか、途中、舟からそりに乗りかえるとしたテクストもあり、ずっと舟で行くのもあり、さまざまな冥界の書の間に辻褄の合った整合性は望むべくもないので、私たちはただ大筋をおさえておけばよいであろう。

さて、王が同乗するラーの舟の具体的な形であるが、古い例としては、サッカーラの初期王朝の王墓に近接して、煉瓦でふちどりした穴の中に木製の舟をおさめたものがいくつか出土しており、ギザの大ピラミッド群の周辺にもこの種の舟を容れた穴が五つ六つ発見されている。とりわけめざましいのは一九五四年にクフ王のピラミッドの南側の石灰岩の構造から発見された杉材製の船で、長さが四三・四メートルもあり、最大のピラミッドの主にふさわしい最大規模の巨船である。もっとも墓に舟をそなえる習俗はエジプトだけのものではない。エジプト文化との関連が云々されているシュメールの王墓にも舟はそなえられた。ウルの遺跡ではアバルギ王(B・C三千年頃)の墓中から六〇センチばかりの金属製(銅製と銀製)の舟の模型が発見されている。その他世界各地に、墓に舟をそなえる習俗があり、ヴァイキングの舟葬などは舟そのものが柩となるが、エジプトの場合太陽神ラーとともに地球をめぐる死後の舟旅のため、と考えられるところに格別の興味がある(ついでながら、メソポタミアの住人は、来世の観念がきわめて乏しかった。したがってウルの墓中の舟が彼らにとってどんな意味をもっていたかは明らかでない)。

ところでラーは二艘の舟を必要とした。朝、東の地平線から出発し、西の地平へ向って天空高く航行する昼用の舟マアンジェットと、夜、西から東へ地下を航行して翌朝の再生に至るための舟メスケテットの二艘である(もっとも、テクストによっては、ラーは夜間は舟でなく蛇型の橇(そり)で冥界の闇を航行する)。

ラーの舟に同乗した魂の地球周遊の旅は、わたしたちが新王国時代の王墓の壁画などで見ることのできるおなじみの図柄であるが、ここで注目すべきことは、こんなふうにして太陽と共に地球をめぐることによって、魂がそれ自体いわば一つの天体の如きものとなるということだ。墓室や石棺がしばしば複雑な天体図や時間の計測図をあらわす図像で飾られていることは、エジプトの天文学の程度の高さを示すばかりでなく、死者＝天体のたどる軌跡への強い関心のあらわれとみるべきであろう。

玄室に星座や方位を示す図像を描くことは中国や朝鮮でも行われていたし、わが国でも高松塚の例があるが、エジプトの場合、死者の魂が天体と同じ軌道を旅するために、玄室の画もきわだって天文学的に精密である、夜の第何時にラーの舟がどこを通過するか、詳しく描きこまれたものがある。テーベの王家の谷にあるセティ一世王墓（新王国時代）はこの好い例で、玄室の天井には星座表およびそれぞれの星座に宿る神の姿が描かれている。星座表といってもわたしたちの思いうかべるような、星型を写実的に配置したものとちがって、説明つきでなければわからぬようなものではあるけれども。そして壁面には太陽神の夜の航海の状況を示す「アムドゥアトの書」が図示され、夜が十二時間に分けられているのに応じて、第一時の世界、第二時の世界というふうに、ラーの通過する刻々の世界が聖刻文字（ヒエログリフ）と図像によってあらわされている。ラーの舟にコウノトリあるいはトキに似た聖鳥ベヌが乗っている図をよく見かけるが、この鳥はラーの心臓の化身であり、また、ギリシアのフェニクスと同一視されていて再生と永遠の生命のシンボルなのである。そして死者の魂が鷹のようにあるいは鶴のように天に翔けりゆくものであるからには、エジプト人の思考法にしたがって魂がまた鳥の性格を帯びることも当然予想されよう。死者が神オシリスの支配下に入って自ら小オシリスとなるように、鳥の形をしたその魂は一つの小不死鳥と化するのである（『死者の書』にはベヌ鳥への転身を語る一節がある）。

さきにのべたようにエジプト人にとって死とは、いわば、永遠の相のもとに様式化された生であった。そしてこの様式化は、奇蹟のように巨大な墳墓や葬祭殿や、あるいは黄金のマスクに覆われたミイラによるよりも、ラーの舟に乗り組んだ魂の地球周遊の旅という詩的観念によって、最も完璧に、永遠の相のもとに実現されたといってもよい。ここにはフュシス——自然、物質、肉体等の観念をすべて包括したところのフュシス——と霊魂的なものとの幸福な一致がたしかに見られる。石の建造物や没薬の香り放つ死体の干物は、死後の生を——というより死後の生への願望を——膠着した不動の相であらわすにすぎないが、天体と軌を一にする魂の旅は、死後の生を活力ある宇宙的なリズムにのせるであろう。ピラミッド・テクストには宇宙的形而上詩の祖型ともいうべき美しい一節がある。

ラーの使者は御身〔死せる王〕のためにきたれり。それゆえ御身の太陽に従いゆくべし。御身自身を浄めよ。御身の骨は天空にある聖なる隼(はやぶさ)の骨なればなり……（中略）御身は星をちりばめたる天空に浴(ゆあみ)せん……太陽の家族は御身の名をよばわらん。不死の星が御身を空高く運びたればなり。

エジプト人は肉体の事柄と魂の事柄とを決して判然と区別することがなかったが、他の面でもこの種の混同をあえてするのが彼らの思考法の特色といってよい。たとえば、創造者と被造物とを截然と区別した上で、人間を被造物の最高位に据え、その下にあらゆる生物の位階制度を組織するキリスト教的な観念はもとより彼らと無縁であったし、森羅万象に人間の姿をした神々の投影をみとめるギリシア的なアントロポモルフィスムも彼らには縁遠いものであった。エジプトの神々は、最高の神格ですら、まるで当然のことのように鳥や獣の顔をもつ。そして人は死ねばめでたくオシリスになる。しかも天体は神であるのだから、鳥獣と人間と星辰と神々との差別は、はじめから、機に応じてとりはずしのできる仮の垣根として設けられてあるにすぎないように見える。

王は、王がそこから出てこられたところの太陽と合一せられた。

これは王の死を告げる公式の文書の定型的な表現である。常套句ではあっても、これ以上美しく堂々たる死の告示は考えられないであろう。

エジプト人は最後まで具象的な想念から離れられなかったが、しかし具象を離れなかったゆえにかえってメタフィジックに近づいたともいえる。というのは、地球をめぐる魂の舟旅という観念を純化してゆけば、必然的に魂は個人の私有物であることをやめて、大宇宙の生命と同化するにちがいないからだ。魂と肉体とを分別しなかった彼らは、ごく自然に、魂と物質あるいは天体とを分別せずにすますことができるであろう。魂はオシリスとなることで個人であることをやめ、神性という一種の普遍性を獲得するが、その上、太陽の舟に乗ることで、宇宙的な無始無終の流れに棹さすこととなるであろう。かくてフュシスの壮大な形而上的（メタ・フュシカ）体系であるところの宇宙（コスモス）のリズムをわがものとし、天体と軌道を共有し、しかも光と闇、意識と無意識の交互反覆によって生者の生の暗喩ともなった不滅の死者の生こそ、エジプト人の達成しえた最高の創造であったと、私は考えたいのである。

7　蜂蜜あるいはネクタル

『ヴェーダ』その他のインドの聖典では、人間は「蜜を飲む者」すなわち、霊の神的な花の蜜を飲むために魂の蜜蜂となる者、として語られている。地中海世界でも蜜蜂は最も有力な魂の形象の一つであった。

魂がギリシアでは蝶と同じプシュケーの語であらわされることから、私はこれまで魂の蝶のことはやや詳しく述べてきたが、蜜蜂についてはまだふれていなかった。蝶はたしかに美しいシンボルであり、ことにみにくいさなぎから華麗な成虫へのめざましい変身ぶりにおいて、魂の復活あるいは転生を暗示するにふさわしいが、しかし、「神的な花の蜜を飲む者」としては実質的に蜜蜂の方が適しているかもしれない。蜜蜂は、花のまわりを飛びまわり蜜を吸うばかりでなく、それを蜜房に貯え、人はその蜜を、後に述べるように、或る種の「不死」のために用いることができたのである……

ミノアの陰刻入りの貴石に、ヘルメースが死者を甕の中から呼出す場面が刻まれているのがあるが、死者の霊は蜜蜂の姿でその上を飛んでいる。しかし私がここで問題にしたいのは、蜜蜂の形をした魂よりもむしろ、蜜蜂が吸って貯えたところのもの、つまり蜂蜜そのもののほうなのである。霊的な花の蜜が蜜房のなかで豊醇な黄金色の芳香を放つとき、それは古代人にとって奇蹟のように甘美な、栄養ゆたかな食べもの、人工の及ばぬ、霊妙な食べものであったにちがいない。すなわち、蜂蜜はほとんど不老不死の食べものであり、神々の食するものに似てくるのである。

神々の食べもの、ギリシアではそれは伝統的にアンブロシアとネクタルの名で知られている。ネクタルは御承知のようにふつう神酒と訳され、神々の饗宴にはむろんこれを欠かすことができない。「葡萄酒のごとくへーべーが注ぎ、また水と混ぜあわされる」とホメーロスは語っている。余談ながらホメーロスの中にはガニュメーデスへの言及はあるけれども、『イーリアス』に実際に出てくる酒酌み人は、青春の擬人化のような女神ヘーベーである。未だ男色の風が後代ほど盛んではなかったということだろう。そしてギリシア人は葡萄酒を生(ストレート)で飲むのを下品としていて、たいてい水で割って飲んだ。従って神々もネクタルを水で割ったのであろう。ギリシア語で蜂蜜を譬喩的にネクタルと称することがあるらしいが、これはむしろ逆で、ネクタルの方が蜂蜜になぞらえて発想されたと見るべきではなかろうか。蜂蜜あるいは蜂蜜酒がネクタルなのであろう。

蜂蜜酒が神々の飲物であったのは暖国ばかりではない。北欧でも蜜の酒は神々の好むところであった。『エッダ』には蜂蜜酒に言及する詩句がいくつも見られる。たとえば次のように——

ここにはバルドル（光の神）のためにかもされた蜜酒が、輝く飲物があり、楯がそれを蔽うています（『バルドルの夢』）。

ミーミルは朝ごとに

戦死者の父（ヴァルフエズル）の抵当より
蜜酒を飲む
おわかりか（『巫女の予言』）

神々の見張り役（ハイムダル）は
すばらしい住居で　楽しく
美味な蜂蜜酒を飲んでいる（『グリムニスマール』）

（以上谷口幸男氏訳）

しかし、北欧では蜂蜜酒は神々がいわばア・プリオリの既得権として享受するギリシアのネクタルのようなものではなかった。神々の王とされるオーディンですら、それを飲めば詩人や賢人になれるという霊妙なスットゥングの蜂蜜酒を盗むために、かなりきわどい詐術を用いねばならなかった。そしてようやく手に入れたその霊酒を、他の神々や詩を解する人たちに与えたが、そのおかげで彼らは人々の耳に快い詩を作る技を身につけた。ここからしてスットゥングの蜜酒のことを「詩人(スカルド)の蜜酒」ともいうのである。

蜂蜜は神話ではしばしば人類の黄金時代と結びつく甘美なイメージである。旧約聖書でも「乳と蜜の流るる地」は人々が到るべくしてなかなかに到りえぬ約束の地であった。エウリピデースの『バッコスの信女たち』の中では、信女たちがディオニューソスを讃えてこんなふうにうたう。

大地には乳が流れ、酒が流れ、また蜜蜂らの神酒(ネクタル)が流れる。

ギリシア人にとって黄金時代の記憶はクロノスの時代と結びついている。『オルペウス讃歌』によれば、クロノスが蜜酒に酔って眠っていたとき、息子のゼウスが彼を縛ってしまったのである。古きよき時代の神を酔わせた蜜酒こそネクタルの原型ではなかったか。

ところで、クロノスを追放したゼウス自身、幼い頃蜂蜜で養われた神である。クロノスが次々とレアーの生む男の子を喰ってしまうので、レアーは末子のゼウスをクレータ島に連れて行き、ディクテーあるいはイダ山の洞窟にかくまう。そしてここを去るとき（このあたりは様々な異説があって困るのだが）、一説（ストラボーン）によればクレータ王メリッセウスの娘アマルティアとメリッサに幼児を託する。メリッサは幼い神を蜂蜜で養ったが、メリッサという名前自体、蜜蜂という意味なのである。王の名メリッセウスも「蜜を与える男」という意味だ。ちなみにクレータ島は古代における蜂蜜の名産地である。なおギリシア語で「メリッサのネクタル」といえば蜂蜜のことである。

ネクタルと蜂蜜との近縁はこうして神話学的にかなりな裏付けをとることができるが、一方、アンブロシアの正体は定かでない。ネクタルを神酒と訳し、アンブロシアを神食あるいは神饗と訳すところをみれば固型物のように思われるし、蜂蜜漬の果物であったろうとする説もある。ロバート・グレイヴスあたりは、先史時代の王たちが常食とした大麦と油と細かく刻んだ果物をまぜた粥のようなものらしいと記している。これは当時の一般人民の食物よりははるかに美味なものであったらしい。目にふれた詩文の中に出てくるアンブロシアは、文脈からして、液体、あるいは半流動体のもののように感じられる。いずれにせよ、甘くて芳香を発する神々専用の食物であって、神々以外でアンブロシアを常食にするのは、どうやら、太陽神の車駕を曳く神馬だけのようだ。

アンブロシアが何かについては不明だとしても、その名辞の意味ははっきりしている。つまり、否定辞のαと「死すべき」（βροτ）から成っているので、不死食とも訳されるわけである。

エジプト人が堅牢な墓と屍体のミイラ化とによって、彼等なりの「不死」を獲得したことはすでに述べた。ところで、エジプト人の屍体保存には、香油や没薬や瀝青が大いに用いられ、没薬（ミュルラ）が日本語のミイラに転訛してしまったほどだが、地中海域、ことにギリシアやクレータでは蜂蜜が死体の防腐剤として重用されていた。ストラボーンの『地誌』によると、古代アッシリア人は死体を保存するために蜂蜜に漬けた。スパルタ王アゲシポリスとアゲシラオス、遠征途上で死んだマケドニアのアレクサンドロス大王にも、蜂蜜を使って防腐処理が施されたという。

『イーリアス』では、討死した親友パトロクロスの屍に蛆がたかったり腐ったりせぬかと憂えるアキレウスに、母神テティスは、丸一年たっても姿が変らぬようにしてあげようと言って、パトロクロスの鼻の孔からアンブロシアと真紅のネクタルとを注ぎ入れる。「真紅のネクタル」といえばまるで葡萄酒のようだが、しかしホメーロスの色を文字通りにとる必要はなかろう。何しろ、海原にも、「葡萄酒色の海」という枕詞を頻りに用いて私たちをまどわせる詩人なのだから。

アンブロシアが、神々が食するばかりでなく、神々の体にも塗るものであったことをうかがわせる詩行がホメーロスにはある。トロイア方に味方するゼウスをヘーラーが色仕掛けで足どめしてしまう条りである。まず化粧のために女神は芳しいアンブロシアで肌を拭い浄めるのだが、このアンブロシアは呉茂一訳では仙香（アンブロシア）となっている（他の箇所では不死食（アンブロシア））。体に塗る不死の仙香、ここから屍の「不死」のための香料まで、距離はさして大きくないであろう。

ギリシア神話の変身譚でも、ネクタルが死者の姿を変えた復活のために、注目すべき役割を果している。他にもあろうがすぐ思い出せる話をひろってみると、まずアドーニスの変身の物語がある。アドーニスが猪の牙に刺されて死んだとき、悲嘆に暮れたアプロディーテーが大地を染めた少年の血にネクタルをそそぐと、そこからアネモネの花が生ずる。つまりネクタルは美少年から花への変容のための、いわば触媒に似た作用をするのである。さらに付け加えるならば、このアドーニス自身、没薬の樹と化したミュルラを母とする少年であって、花かぐわしいその美貌にもかかわらず出自からして何となく冥界を連想させる神格なのである。

もうひとつ、ヘーリオスに愛されたレウコトエーの悲話は、もっと意味ぶかい死者の変容を示していると思われる。この話はアドーニス神話ほど有名でないので、オウィディウスの麗句をできるだけ素気なく省略してあらすじだけ御紹介しておく。

太陽神ヘーリオス（アポローンとする説もある）はクリュティエーというニンフを愛していたが、アプロディーテーの怨みを買い、（この恋の女神と軍神アレースとの情事を夫のヘーパイストスに告げ口したという理由で）女神の呪いによってペルシア王の娘レウコトエーに心をうつし、もっぱら王女のもとに通うことになる。クリュティエーは嫉妬に耐えきれず、レウコトエーの父王に尾ひれをつけて告げ口をすると、冷酷無情な父は情容赦もなく、地面に深い穴を掘って娘を生き埋めにしてしまう。太陽神はその光で、乙女の上にかぶせられた砂の山をやぶり、美しい顔が陽の目をみられるように孔をあけてやったが、神といえども運命にさからって乙女を乙女の姿のままよみがえらせることはできない。そこでヘーリオスが遺骸とその墓の上にかぐわしいネクタルをそそぎかけると、レウコトエーの体は溶け失せ、その土から香り高い乳香の木が生え出てくる。

ネクタルを注がれた死者の変容としての香木——この香木はとりも直さず香り高いミイラそのものとはいえまいか。神々のものである天上のネクタルとアンブロシアとは、古代的心性の隠微な回路を通って地上の蜂蜜とまじりあい、さらに生者と死者の間を循環しながら此岸と彼岸とを同じ神話的水準の上に浮べているのである。

8　魂の梯子と計量

私はこのところ主としてギリシア、エジプトなど、古代地中海海域のいわゆる異教世界を中心に、魂の形象をたずねあるいてきた。それらの形象、あるいはそれらに関連した表象のなかで、特に「魂の梯子」「魂の計量」について書き洩したことを、セム族の一神教的文化圏にも少しく立入りながら、ここで補足しておきたい。

まず魂の梯子について。

すでに「オシリスの国」の章で素描風に記した通り、エジプト人にとっては梯子は死者の魂が天に昇る通路であるばかりでなく、魂そのものが「神の梯子」に擬せられることもあった。このシンボルは、魂が地上的肉体的存在と天上的神的存在とのかけはし――中間的で仲介的な存在――とみなされたであろうことを示している。少くともそう解釈しないかぎり、死せる王を「神の梯子」と呼ぶ奇異な表現はすんなりと理解できない。

一方、古代ヘブライ人は梯子を天上と地上の間に架けられる霊的な交通の手段と見ていた。しかもそれは、魂の上昇のための一方通行の路ではなく、どうやら天から地上へ降りてくるときの通路でもあったように思われる。少くとも旧約の創世記にある有名なヤコブの夢の梯子はそのような機能を暗示している。石を枕にした旅寝の夢に、一つの梯子が地の上に立ち、その頂きは天に達して神の使たちがそれを上り下りしているのを彼は見た。

もっとも、これは正確にいえば梯子ではなく、ヘブライ語の原意は「積みあげたもの」で、最近の訳書では梯子ではなく階段と記されている。多分この階段のモデルはメソポタミアのジグラッド、つまりはバベルの塔のようなものであろう。エジプトでいうなら、ジュセル王の階段ピラミッドを限りなく高く聳え立たせたような形と考えられる。しかしエジプトの場合と同じく、天と地を結ぶ通路としては梯子も階段も大差ないと見てよい。ここを上り下りする神の使がどんな姿をしていたのかは知らない

——翼ある白衣の人の形、つまり伝統的な天使の姿をしていたか、裸の幼児の形をしていたか、それとも透明な人影のようなものであったのか。いずれにせよ、神と人との仲介をなす霊的なものの姿が梯子を上り下りしていたというのである。しかも、すぐあとで、主みずからがヤコブの枕辺に立ち、自分はアブラハムの神、イサクの神である、と告げるのだ。してみれば、天使ばかりでなく神自身もまたこの階段をつたってヤコブの許に降りてきたのではないだろうか。少くともそう考えたくなるような文脈でこの印象深い事件は叙べられている。ちなみに古代中国では、神霊は聖梯を垂直に往来し、これを陟降（ちょくこう）といった。陟降を表わす甲骨文字はあきらかに段々のある梯子の形をしている。

さてセム系の梯子といえば、イスラム教にも「天と地とのかけはし」の概念がみられる。コーラン第十七（夜の旅の章）の冒頭に、「アッラーはその僕（しもべ）（マホメット）を連れて夜空をゆき……」という一節がある。ここには直接には梯子とかかけはしとかいう表現は見当らないけれども、古来この一節は天界上昇（ミーラージ）の神秘的体験として有名であり、中世アラビア哲学の新プラトン派の思想ともむすびついて、ミーラージ文学と称せられる一つのジャンルを生みさえした（魂の天界上昇はシャーマン的体質の人が往々にして体験するところで、シャーマニズムの研究書には魂の天界上昇ないし天空飛翔のおびただしい例が載っているが、今はそれにふれない）。

天界上昇といっても、アラビアの場合、魂には上り線と下り線とがあり、ムハンマッドのような宗教的人間の生存中の体験としては、一時的に上昇してまた地上へ降りてくる、という順序になるだろうが、旧約聖書的創造説話からすれば、魂はまず神によって創られ、（下り線を通って）地上に降りて肉体に宿る。そして肉体の死後、浄化の階梯を経て、（上り線を通って）神のもとへ還ってゆく、という順序になる。また、ヘルメス学やグノーシスの神学者たちによれば、人間の霊魂は誕生のとき七つの遊星天を通過し、それぞれの遊星で運命的影響をうけながら地上へと下降する。死に及んでは再び遊星天を通過し神性を回復しながら神へと帰昇する。

この上り線下り線を、アラビア語独特の表現法で「上りの弧」「下りの弧」と言いならわしているが、これは、上りの弧と下りの弧の二つを合わせれば一つの円環が閉じられ、魂の往還運動が完結することを暗示している。

弧という意味深長な表現の出所は、イスラム教学の専門家によれば、コーラン第五三（星の章）の冒頭部分にあるらしい。

> そのお姿（天使ガブリエルの姿）がありありと遥かに高い地平の彼方に現われ、と見るまにするすると下りて近づき、その近さほぼ弓二つ、いやそれよりもっと近かったか。かくて僕（しもべ）にお告げの旨を告げたのであった。
>
> （井筒俊彦訳）

これはムハンマッドが一番最初にヒラー山上で天啓を受けたときの体験であるが、この「弓二つの近さ」というのがさしあたって注目したい箇所なのである。というのは、アラビア語では弧も弓も同じカウスという語で表わすので、この「弓二つ」から「上りの弧」「下りの弧」の観念が生じたといわれている。もちろん、星の章のこの文章では、弓はあくまで長さの単位、尺度として使われているにすぎないけれども、古来コーランにはおびただしい神秘的解釈がつきものなので、夜の旅の章の天界飛翔か

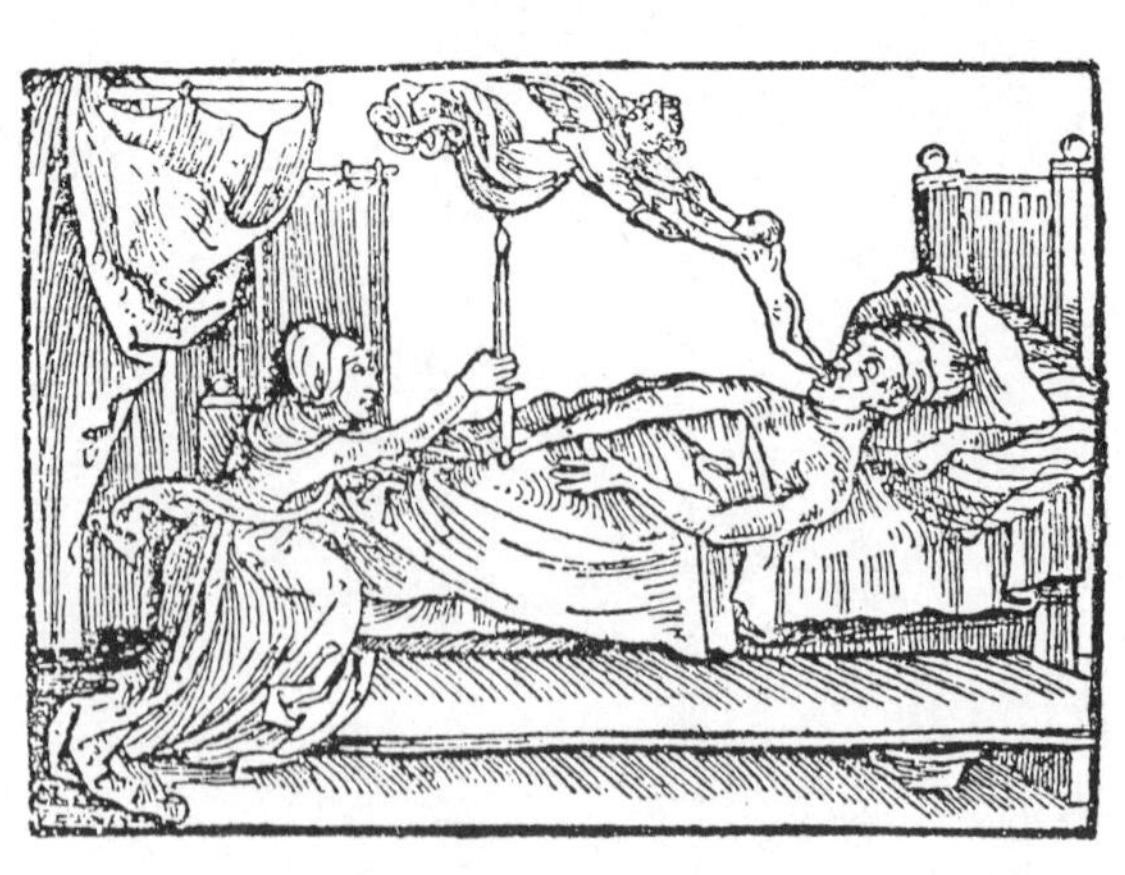

ら様々のミーラージ解釈が生れたように、星の章の「弓二つの近さ」からも、様々な形而上的想像がなされたのであろう。

中世のキリスト教図像学でも、魂の梯子はしばしばあらわれる主題である。東方教会の聖ヨアンネス・クリマコス（訳して階梯者ヨアンネス）は『天国への梯子』と題する書を著した（鷲巣繁男の労作『イコンの在る世界』四四二頁にこの本についての紹介がある。鷲巣氏によればこの梯子は、霊的修練による魂の浄化上昇の階梯を示すもので、下から上への一方通行の梯子である由）。

図像で示される場合、地上から天国へ架けられた梯子を、白い衣をきた死者たちがぞろぞろ昇って行くのがふつうである。天国への途上にある魂たちを、黒い翼ある悪魔どもが鉤のついた棒でひっかけてひきずり落そうとする。すでに黒い小悪魔の姿となった魂がいくつか、足だけをかろうじて梯子段にかけたまま逆さ吊りになったりしている。時には梯子を一人だけ昇ってゆく図もある。

注意すべきは、キリスト教的寓意では魂はつねに人間の形をしているということだ。聖霊を鳩であらわすことはあっても、死者の魂が、異教の国々の場合のように、鳥や蝶や蜜蜂などの形をとることはまずありえない。そのアントロポモルフィスムは魂の形象にまで及んでいるのである。

命終に臨んで人が最後の息とともに魂を吐出す、というのはすべての古代人に共通の想像であるが、キリスト教徒の場合、口から出て行く魂はちゃんと人の形をしている。病み衰えた仰臥の男の口から大きなスピーチ・バルーンが出ていて、その中に人間のミニアチュアの描かれた図はかなり漫画的だが、悪魔祓いの図はもっと滑稽で、悪魔憑きを祓うと、みじめな黒い小悪魔がほうほうの態で口から逃げ出している。前頁の図では、臨終の男から、子供の姿をした魂を、死の天使が受けとっている。

こんな風に、魂は白衣をまとうた人の姿であったり、地獄へ堕ちるものは黒い姿であったりするが、時に幼児の姿であらわされることもある。ジョヴァンニ・ベルリーニ描くところの『霊魂の巡礼』では、牧歌的な天使の園に到着する魂たちは子供の姿をしている。煉獄で浄められ、天上での新生を約束された魂のイメージに無垢の子供はいかにもふさわしいのであろう。また、シモン・マルミヨン作（フランス十五世紀）の画では、聖ベルタンの魂は合掌する裸かの子供の姿で、二人の天使によって、頭上高くに描かれた神の御許に運ばれて行く。

さて、梯子で昇るよりあとかさきか知らないが、キリスト教徒の魂たちも――エジプトの『死者の書』の魂たちと同様――魂の計量（プシュケー・スタシス）を受ける。この場合、計量するのは最後の審判の大天使たる聖ミカエルである。中世の図像には、大天使ミカエルが手で支えもつ天秤の一方の皿に白い人間の形（善心?）、他方の皿に黒い悪魔の形（悪心?）が載っていて、後者を悪魔が下へ引っぱっている図がしばしば見られる。ミカエルが手だけであらわされている場合もあるし、また大天使が悪魔を踏みつけながら、秤で量っている図もある。後者では、悪魔は踏みつけられてペシャンコになりながらも必死に爪の伸びた手をのばして、悪心の載っている秤皿を下に引っぱろうとしている。

このようなキリスト教的プシュケー・スタシスの観念は、すでに旧約のヨブ記にあらわれている。

神が正しい秤をもって私を計り給わんことを、
さらばこの身の潔白を神は知り給うであろう。

ユダヤの「魂の秤」はおそらくエジプト起源であろう。モーゼの「出エジプト」で知られているように、多数のユダヤ人がエジプトに住み、その地の文化の影響をもろに受けたことは確実であるから。

ついでながら、エジプトやヘブライの秤に近いものに、チベットの『死者の書』の秤がある。チベット仏教の生んだ奇怪玄妙なこの死への指南書の一節によれば、死者の魂は、業鏡(ごうきょう)に映される前に、生前の善行と悪行を白い石と黒い石でひとつひとつ数えあげられ、白石と黒石とがそれぞれ左右の秤皿に積みあげられるのである。

チベットの『死者の書』とエジプトの『死者の書』の「魂の計量」には、偶然とは思えないような共通の要素がある。チベット密教の死者の王夜摩王（ヤマラージャ）（閻魔大王）はエジプトのオシリスに相当するが、審判に立合う神の姿がいずれの場合も猿頭なのである。すなわち、エジプトでは神々の書記である智恵の神、狒々頭（あるいはしばしばトキの頭の）トートが計量を監視しているが、チベットではシンジという猿頭の神が立合うのである。

さて、同じ「魂の計量」にしても、すでに見たように（『漂えるプシュケー』の章）ホメーロスの語ったゼウスの秤（あるいは壺絵の示すヘルメースの秤）はかなりちがう意味をもっていた。ギリシア人の場合、秤は魂の善悪を判断するためではなく、死すべき命運を定めるために用いられる。エジプトやキリスト教の秤は、一人の人間の天国行きか否かを判定するのだが、ゼウスのもつ黄金の秤は二人の人間のうちどちらが死ぬか（あるいは両軍のいずれが敗れるか）を決定するのであって、運命論的ではあっても倫理的もしくは勧善懲悪的な含みは少い。

余談ではあるが、この「魂の秤」のパロディーが古典喜劇の名舞台に出てくるのを読者はお気付きだろうか。アリストパネースの『蛙』の終曲近く、アイスキュロスとエウリーピデースの詩句の軽重を計るために、大きな（訳者高津春繁の解説によれば人間が乗りうるくらいの）秤がもちこまれる。

状況をのみこんでいただくために、『蛙』のあらすじをのべておこう。悲劇が捧げられる当の神であり、アッティカ演劇の守護者であるディオニューソスは、ソポクレースとエウリーピデースの二大悲劇作家を一年のうちにたてつづけに失った寂しさのあまり、その寵愛するエウリーピデースを冥府からよびもどそうと、一人の従者を連れて黄泉の国に来る。ところが冥府では、悲劇詩人のための名誉の椅子をめぐって論争が起きている最中だった。夙に冥界入りをしているアイスキュロスがこの名誉ある椅子を占めていたのだが、こんど新入りのエウリーピデースが、自分の方がすぐれていると主張している（ソポクレースは円満な人格者だからこんな争いにはまきこまれない）。そこで冥府の王はこの両人の技量を験そうと思うが適当な人物がいなかった。そこへたまたまディオニューソスがやってきたので、彼こそは悲劇の上演される祭の主神であり、最適の判者であろうというわけで、この競技の審判を一任されるのである。

全く対照的な二人の詩人は存分に悪態をつき合い、互いに相手の詩句をもじったり、半畳を入れたりしてなかなか優劣がつかない。そこで最後に詩句の重みを計るために秤が舞台にもちこまれるのである。「俺（ディオニューソス）は詩人たちの作品をまるでチーズのように量らねばならんのだ」と。そこで二人はそれぞれ天秤の皿を一つずつつかんで、これぞと思う詩句を誦するが、近代的なエウリーピデースは、詩的イメージの巨大さと重量感にかけて、壮大瑰麗（かいれい）なアイスキュロスの敵ではない。しかしそれでもなおディオニューソスは決めかねて、二人に、今アテーナイのおかれている苦境を救うべき方法を問い、よりよい忠告をしたアイスキュロスに軍配をあげる。そして、はじめの予定に反し、アイスキュロスを地上へ連れもどすことにする。アイスキュロスは自分が留守の間、名誉の椅子をソポクレースが護ってくれるようにと冥王に依頼し、酒神とアイスキュロスは秘教者のかざす松明に先導されつつ、この世への旅に出る。

長々といらざる解説をしてしまったが、要するに、パロディー精神に満ちみちたこのアッティカ喜劇のなかで、秤はじつに二重のパロディー、しかも可視的なもじりになっていることを指摘しておきたかったにすぎない。というのは、これはホメーロスの運命の秤のパロディーであるばかりでなく、アイスキュロスその人の失われた作品『魂の秤（プシュコスタシア）』の、おそらくパロディーになっていると私は推測するのだ。この悲劇はただ一行の断片のほかは全く失われているが、同時代、後代の作家たちが言及しているところから綜合判断して、やはりこれも失われた作品である古い叙事詩『アイティオピス』の運命の秤を主題としたもの、と推定されている。すなわち、トロイア軍に加担したエティオピア王メムノーンが、ギリシア軍のアキレウスと一騎討ちすることになったとき、メムノーンの母である曙（エーオース）の女神とアキレウスの母神テティスとが、それぞれわが子の運命を気づかってゼウスに迫り、判定に困ったゼウスは二人の運命（ケール）を秤にかける。メムノーンの皿が冥府の方へさがり、アキレウスはメムノーンを討つ。曙の女神は悲しみのうちに息子の遺骸をエティオピアに運び、その涙は朝露となった――

記憶のよい読者はすでにお気づきであろうが、この運命の秤は、さきに語った『イーリアス』の運命の秤と酷似している。『イーリアス』ではアキレウスとヘクトールの運命が量られるのに対し、『アイティオピス』と、そしてこれに取材したアイスキュロスの『魂の秤』では、アキレウスとメムノーンの運命が量られるのである。

再びアリストパネースにもどると、アイスキュロスとエウリーピデースの詩人的価値の量られる『蛙』の秤の下敷に、アイスキュロスその人の悲劇的な『魂の秤（プシュコスタシア）』があったことはほぼ確実と思われる。二人の大詩人が面目をかけてそれぞれ秤皿をつかむ様子の滑稽さもさることながら、通例のように、重い方、つまり低く傾いた皿の方を、冥府（ハーデース）に送るのではなく逆に冥府から地上へ送り返そうという発想が何ともいえずおもしろく、プシュケー・スタシスの観念に馴れたアテーナイの観衆がこの場面でどっと湧いたであろうことは察するに難くないのである。

9　心臓から蓮華へ

世界の多くの言語で、心が心臓と同じ語で言いあらわされるのは、当然のようではあるがやはり一考に価(あた)いしよう。漢字の心はもともと心臓の象形であるし、印欧系の言語でも、英語 heart 仏語 cœur ラテン語 cor ギリシア語 *καρδία*(カルディア) という風に、すべて心臓は心である。

血液循環の生理には気付かなくても、心臓が血液を司る臓器であることは古代人もよく知っていた。血液が大量に失われれば死ぬことは目に見える事実だったから、心臓が心あるいは魂であるのと同じ程度に、血液はほとんど生命そのものとみなされた。

ギリシア人は供犠のとき、生贄から流れ出る血の生命力を吸いとろうとして諸々の霊が集ってくる、と考えていた。『オデュッセイア』第十一書の冥界訪問のところで、オデュッセウスが黒い羊の血を大地にそそぐと、亡霊たちがむらがり寄り、新鮮な血の活力を吸収してようやく口をきいたことを想い起していただきたい。世界各地に分布し、今なお一部の文芸の世界に出没する吸血鬼の類も、生血によって活力を得る古代の幽鬼の生き残りである。

本稿でくりかえしのべてきたように魂は翼あるものの形をとることが多かったが、ギリシア人の場合、鳥の中では特に猛禽が魂の形にふさわしいと考えられる根拠があった。魂は生命の根源である血によって養われなければならないからである。もともと血即生命の観念は古代世界に普遍的なもので、様々な宗教儀礼において血が流された。人身御供はさておくとしても、人が生血によって霊的活力を得る方法はさまざまあった。ミトラ教の入信の儀式に行われる牡牛の血の灌奠（かんてん）などはそのもっともめざましいものであろう。この観念がキリスト教にうけつがれたのはいうまでもなく、人類の罪はイエス・キリストの血によって贖われたのだし、信者は聖別された葡萄酒とパンを食することで、イエス・キリストの血と肉を体内にとりいれる。聖餐の秘蹟は今なお生きた「心霊生理学」の有力な実例である。

そしてまたイスラムの教えによれば、人間そのものが小さな一塊の凝血から造られたのである。

誦(よ)め「創造主なる主の御名において。
いとも小さい凝血から人間をば創りなし給う。」

（コーラン九六、井筒訳）

さきにエジプト人が心臓を思考の座としたことを記したが、心臓でものを考えたのはエジプト人だけではない。ソクラテス以前の詩人哲学者エンペドクレースも似たようなことを言っている。

「血でもってわれわれは最もよく思慮する。というのは肢体のうちでは血において元素が最もよく混合されているから。」そして、「相反する方向に流れる血の大海に養われた心臓、ここに人間においては思考力(ノエマ)なるものが特に座を占めている。なぜならば人間にとっては心臓の周りの血が思考力であるから」と。

寺の庭によく造られる心字の池は、血液を司る心臓の象形をさらに池水でかたどることで、池水をたえず清浄に保とうとする配慮があったのではなかろうか。また逆に、池水を清く保つことで、修行者の心に清浄を反映させようとする配慮もむろん働いていたはずである。

インドの聖典『ヴェーダ』諸篇、『ウパニシャッド』諸篇には、心臓をブラフマンあるいはアートマンの座とする章句が無数に見られる。

ブラフマン（梵）といい、アートマン（魂あるいは我）といい、いずれも玄妙きわまりない概念で、時代により、また神話の系統や哲学の学派によっても意味内容が異るので、一語でずばりと言表わせる訳語がない。

ブラフマンは、もともとはバラモンの階級（カースト）の本質を示す語だったとしても、インド的な宇宙構造論の布置の中では、ブラフマンは神聖な根源的音綴（おんてつ）オーム、すなわち、全宇宙に滲透し、全宇宙の根拠であるところの、永遠の霊魂なのである。ちなみにブラフマンは中性名詞で、男性名詞ブラフマー（梵天）はその神格化である。密教ではこれを根本仏大日如来として表わす。

アートマンは再帰代名詞「おのれ自身」であって、思惟する主体としての「我」を意味するようである。といっても近代ヨーロッパ的な「自我」ではなく、宇宙に遍満するブラフマンとかなり重なる相をもっている。

ブラフマンとアートマンについて、聖典の中から、定義めいた詩行をさがすならば、たとえば、『チャーンドーグヤ＝ウパニシャッド』に次のような句がある。

このブラフマンといわれるものは、実に人間の外にある虚空である。
実に人間の外にある虚空こそ
人間の内部にあるこの虚空である。実に人間の内部にあるこの虚空こそ
心臓の内部にあるこの虚空である。

（岩本裕訳、次も同じ）

また、「心臓内にあるアートマン」については、

それは米粒よりも、麦粒よりも、芥子粒よりも、黍粒よりも、黍粒の胚芽よりも微細である。しかしまた、心臓内にあるアートマンは大地よりも大であり、虚空よりも、天よりも大であり、これら諸世界よりも大である。(中略)それはわが心臓内にあるわがアートマンである。それはブラフマンである。

無限に微細で、同時に無限に茫大なひろがりをもつこの霊妙なアートマンの働きをもうすこし具体的に説明するために、『バガヴァッド・ギーター』から、王と仙人の対話を引いておきたい。

王「アートマンとはいかなるものか。」

仙「身体の諸器官において認識から成り、心臓において内的な光明を保つこのプルシャ(=アートマン)は常に同一であって、しかも両界(現世と梵の世界)を往復するのです。」

(服部正明訳)

このプルシャという語がまた問題である。この文脈ではプルシャはアートマンをさすが、もともとプルシャはインド神話の原人——中国神話の盤古のような、その巨体の各部分から天地星辰が生成するところの、太古の原人なのである。しかし盤古が宇宙創成期にのみ巨大な役割を果し、その後、存在理由を失ってしまうのに対して、プルシャは宇宙の根本原理あるいは宇宙的霊性としてほとんどブラフマンと同一視されている。そしてまた、アートマンとも同一視されているのは、今引用した対話の中だけではない。『カタ・ウパニシャッド』でも、プルシャはアートマンであり、しかも、小さな人間の形をしている。

親指の大きさの人間（アートマン）が、
身体のなかに、その中央にいる。
それは過去にあったもの、未来にあるべきものの支配者である。
それはかの人から自らをかくそうとはしない。

これこそまさしくそれである。
親指大の人間は、
煙のない火のようである。
それは過去にあったもの、未来にあるべきものの支配者である。
彼はきょうもあすも同一である。
これこそまさしくそれである。

（服部正明訳）

宇宙大の原人プルシャは、親指大の人間の形ですべての人間の中に在る。それはアートマンであり、小宇宙（ミクロコスモス）的霊魂なのである。親指大、ということで思い出すのだが、魂は親指の頭くらいの大きさの、青い炎のような「心臓の居住者」である、と述べたのはたしかパラケルススであった。人体を宇宙と視たこのルネサンスの秘教的自然科学者の思想には、プルシャ＝アートマン的観念の反映が見られるような気がするのだが、いかがなものであろうか。

ところでアートマンの座である心臓については、ウパニシャッドの中に、ちゃんと語源が示されている。曰く、

> かのアートマンは心臓の中にある。そのゆえにこそ、次の語源論がある。「これは心臓の中にある（hṛdy ayam）」とて、されば心臓（hṛdayam）といわれる。
>
> （岩本裕訳、以下同じ）

サンスクリットの知識のない私にはこの種のことを云々する資格はないが、要するに、「その中に最も本質的なものを蔵するもの」が心臓というものなのであろう。ウパニシャッドには、信仰や真実や言語の拠りどころとして心臓を論じている語句もある。また、心臓の褐色や白や青や黄や赤の脈管についてはこんな詩頌もある。

> 心臓には百と一つの脈管があり、

それらの一つは頭から出ている。
それを通って上昇し不死に赴く。
他の脈管はあらゆる方向に出口がある。

この詩頌に先立つ数節は難解だが、ブラフマン的太陽である心臓から、太陽光線的な血液が体内に流れている、と読みとることもできる。「百一の脈管」とか、「頭に通ずる脈管を通って永遠に赴く」といった類の句は、他の箇所にも見られるので、かなり定式化された表現のようである。

さて心臓は蓮の花の形をしている。

このブラフマンの都城（身体）の中に、小さな白蓮華の家（心臓）があり、その中に小さな空間がある。（中略）この心臓の内部にある空間の広さはこの虚空の広さと同じである。この虚空の中に、天と地とが包含されている。火と風も、日と月も、稲妻と星宿も、包含されている。

（『チャーンドーグヤ＝ウパニシャッド』）

天地宇宙を包含する心臓！　これは大宇宙に完全に照応する小宇宙以外のなにものでもない。類似の表現はヴェーダにもあって、心臓はブラフマンの座とされているが、梵の座、ということで思い合わされるのは、ヴィシュヌー神の創世神話である。永劫の臥床に横たわって瞑想するヴィシュヌーが、世界を創造しようとの心を起したとき、その臍（へそ）から蓮華が咲き出し、その上に創造神梵天が生じた、というのだ。

このように、蓮は天地開闢に先立って花ひらいた原初の花であり、神々や仏たちの座となる聖なる植物であるから、心臓が蓮華である、ということは、単なる形象上の類似を超えた、きわめて重い比喩となる。

日本で用いられる仏教用語に、キリダヤとかカリダヤということばがある。仏教辞典によれば、これは二つの意があって、一に「肉団心」、二に「真実心または堅実心」と訳す。これはサンスクリットの hridaya だから、フリダヤまたはハリダヤと表記する方が原音に近いだろう（ギリシア語の *καρδία*（カルディア）と同じく元来は心臓をさす語で、さきほどウパニシャッドから「語源論」なるものを引いた、あの hrdayam なる語を思い出していただきたい。また、hr には精神または中心の意があるといわれる。一方洞穴のような、奥深くて暗い処をフリダヤという語であらわすこともあるようだから、心臓は虚空を蔵するというイメージはインド人にとって自然なものなのかもしれない。また、ミトラ教の神話では、洞穴は世界のシンボルであることも想い出しておきたい)。

仏教の中でも、顕教の立場ではふつうカリダヤを「真実の心性、すなわち如来蔵心」と、きわめて精神的な意味にとる。たとえば般若心経の心(しん)は般若菩薩のカリダヤ、すなわち如来蔵心、真如浄心をさす。しかし密教では、即身成仏の立場をとるために、むしろ「肉団心」つまり、なまなましい臓器でありしかも精神的アートマン的な意味を含んだ心臓としての意味が強調される。ただし、じつをいえば仏教には魂の概念がない。五蘊皆空の存在に通俗的な意味での霊魂は考えられないからである。

密教大辞典は、「凡夫の肉団心は其色丹赤にして合蓮華の如し。筋脈ありて自ら八分となる」と述べ、筋や脈が八方にひろがっているところから、胎蔵曼陀羅の中台八葉院は、この心臓の状態を八葉の紅蓮に譬えたもの、としている。

真言宗のさる学僧に教えられて「大日経疏」の一部を読んでみたところ、カリダヤについては次のように、辞典の所記を裏書きすることが記されてあった。観行の一つの方法として、

即観二自心一作二八葉蓮華一。阿闍梨言凡人汗栗駄状猶如二蓮華合而未敷之像一。有二筋脈一。約レ之以成二八分一。

つまり、心臓を未敷蓮華（未だ開いていない蕾の蓮の花）と見るのは、単なる見立てではなく、一つの内観の法なのである。このあと、内心に観じた未敷蓮華を開敷せしめ、八葉の白蓮華の座となす、と記してあるが、この白蓮華はさきに引用したウパニシャッドの「ブラフマンの都城（身体）の中の白蓮華の家（心臓）」を想い起させる。

一般に白蓮華の心臓は清浄心、紅蓮華のは慈悲心をあらわすという。しかし蓮華に

は紅と白の他に青と黄があり、未敷（蕾）、開敷（開花）、開ききってまさに落ちんとするとき、と三つの様態を区別している。辞書によれば未敷の状態を屈摩羅（クマーラ）（Kumāra）、開花したのを分陀利（フンダリ）（Puṇḍarika）、落花寸前の状態を迦摩羅（カーマラ）（Kāmala）と呼んでいる。花の様態をこれほど分析的に区別して名称を与えたところを見ても、インド人の蓮華に対する関心の強さがうかがわれよう。『大日経疏』が説くように、凡夫の肉団心（カリダヤ）はクマーラ（未敷）の蓮華であって、それが深い観想によって悟りをひらくとともにおのずからフンダリ（開敷）の状態に達するのである。通常、仏教で蓮華といえば、正しく開敷した白蓮華をさす。たとえば妙法蓮華経の蓮華も、白色の分（ふん）陀利華（だりか）なのである。

ところで、なぜ、蓮華なのか？

花あまたあるなかで、なぜ蓮が、これほどまでに奥行の深い、力強い象徴となりえたのか？

泥土の中から、けがれなく美しい花を咲かせるから、とよく言われる。だから、肉に対する魂、現世に対する永遠の象徴となるのだ、と。それもあろう。しかしそれだけではない。私の考えでは、蓮の花びらがいちじるしく数多く、しかもそれが整然と列び重なり合って、或るたしかな秩序、美しく完全な一つの総体、要するに一つの「宇宙」の印象を与えるためである。しかもこの完璧に美しい秩序は、それ自体ひとつの生きものであって、固くつぼんだ蕾の状態から、徐々に幾葉もの花びらをひろげて開花する。収縮した心臓が膨脹するように、宇宙がいくつもの劫（カルパ）を経て収縮から膨脹へと向うように、未敷（みふ）蓮華は、人類の若かりし日の神話と宗教と形而上学のすべてのみずみずしい朝露を含んで開敷するのである。

　さてその花弁の数についてであるが、仏教ではよく八葉の蓮華ということがいわれる。実際の蓮の花は、種類にもよるだろうが、二十四弁のが多いらしい。しかし、その三分の一である八の数であらわすところを見ると、花びらが大体三重になり外側の花びらが八葉に見えるのだろうか。それとも単に多数という意味で八の数を用いるのだろうか。もっとも、花びらがおびただしい、というところから、蓮華を百葉華とも称するのである。

　とにかく蓮の花は、大きく美しいばかりでなく、花びらがいちじるしく数多い。これは肝腎なことだ、と私は思う。おびただしい花弁を蔵し、しかもそれが整然と美しく配列された花は、美や秩序や完全の感覚とともに、まぎれもない無限の感覚を与えるからである。

試みに、一つの蓮の花、それもなるべくつぼみの蓮華をとって、外側から一葉ずつ、花占をするようにして、花びらをむしってみるとよい。ひとつふたつと数えて、二十四もむしれば、花弁の数は尽きるだろう。しかし、かっちりと花びらの重なりあったその花の中心には、なお未生以前の花びらが無限に蔵(しま)われているのを、視る人は視るであろう。

私事(わたくしごと)だが、今を去る十七年もむかしに、私はLSDを服用して、かぎりなく花ひらく一輪の薔薇が私の眼の中に発生するのを視たことがある。たまたまその朝、薬を飲む数時間前に、私は庭の薔薇を切って瓶に活け、おびただしい花びらを重ねた花の姿をしげしげと眺めた、という事実はあった。それが心理的な伏線になったとも考えられるが、しかしそれにしても、その日の午後一時間以上もの間、目を閉じたまぶたの裏の暗い視野一面が一輪の薔薇で埋めつくされたのは、どう考えてもただごとではなかった。花芯から次々と花びらが湧き出し、それが外へ外へとかぎりなくひらいていく。それはたしかに、薔薇いろの秩序であり運動であり、同時に完全と無限の、相容れ難い二つの相をそなえていた。このことについて、以前に草した「薔薇宇宙の発生」（思潮社現代詩文庫「多田智満子詩集」所収）という小文から、次の一節を引用することをゆるしていただきたい。

それは中心部ほど色濃く、重く、充実し、外縁部は淡く、軽く、大きくはなびらをひろげていて、ほとんど天国的な稀薄さである。私はダンテの描いた薔薇型の天国の図を思い起し、天の極み、至高天（エンピレオ）とは、こんな成層圏的な稀薄さと明るさをもつのではなかろうかと考えた。そして、中心部にあとからあとから湧き出る極微のはなびらたちは、なまなましい濃い肉色の、あらゆる可能性に満ちた現存在そのものであって、それが幾層も複雑に重なった扇を開くようにして右へ右へとずれながらひろがり、外縁へとおしやられていくにつれ、そのデュナミスはエンテレケイアへと「円現」していく。それはまさに可視的な形而上学であり、薔薇であるところの世界であると同時に、薔薇であるところの世界観であった。

臆面もなくギリシア哲学の語彙を用いていて面映ゆいが、今また同様の臆面のなさで仏教用語を借用すると、私のこの薔薇は、蓮華状の肉団心（カリダヤ）そのものではなかったか、と思える。心臓のように血の色を含んだ肉色で、しかも、かぎりなく開敷（かいふ）しつづける天上的な花。もしあの頃の私が仏教に関心があったら、あるいは、その朝凝視したのが薔薇ではなく蓮であったら、私はきっとまぶたの内に蓮華を視たにちがいない。それは密教的なカリダヤ的蓮華——収縮から膨脹へ、煩悩から解脱へと向う花の形の心臓であり、同時に、華厳世界的な無限の形而上学へと向う「蓮華蔵前期」の姿をしていたのだから……

飯島耕一氏の『見えないものを見る』という詩に、こんな美しい一節がある。

眼をとじたとき
最初にこみあげるイマージュが

ぼくらの魂の色だ。
火の色、雪の色。

この詩人的断定はおそらく飯島氏が考えた以上に啓示的である。私の薔薇宇宙も、眼をとじたときしか出現しなかったのだ。感覚器官によっては見えず、第三の眼によってのみ捉えたもの。それは魂自体であったのかもしれない。すなわち、「おのれ自身」であるところのアートマンの、私自身を素材とする視像であったのかもしれない。

これはもとより詩人的な憶測にすぎない。しかし魂について人が想いめぐらすことは、みな夢のように根拠がなく、夢のように真実なのではあるまいか。古風な実体的「霊魂」が、機能的な「精神」からみすてられた後にも、ブラフマン的アートマン的霊魂が否定される理由はない。なぜかといえば人間は偶然の組立てた機械ではなく、その存在は全宇宙を反映しているからである。天地を循環する水で身を養い、風を呼吸し、眼に星辰を映し、そして見えないものについて想いをめぐらすかぎり、人は無辺際の虚空を蔵した存在でありつづけるであろう。人はみな、ひとりひとりがつかのまの原人なのである。

あとがき

本書は同人誌『饗宴』（書肆林檎屋刊）の二号から八号まで七回にわたって連載したエッセイに多少の筆を加えて、ささやかな一本にまとめたものである。

もとより学問的な文章ではなくあくまで詩人的な考察であるから、つねに自分自身の無知から出発するよう心がけた。主題の性質上、折にふれて民俗学、神話学等の文献を援用したのは、自分の無知を補うためでなく、むしろ無知の輪廓を明らかにするためである。

およそ人類がものを考えはじめてこのかた、魂の問題は最も重大な関心事の一つであっただけに、魂という語はじつに多様な意味内容を含み、古代ギリシアの史家や作家たちが自著の序文に用いた定型句を借りるならば、この事柄については「多くの人々が多くの異なったことどもを語っている」。したがって、魂という語の意味をよく把握するために、一つの国語一つの時代の「魂」の概念系列を整理するだけでも大変な仕事になるであろう。いうまでもなく本稿はそのような論考とはかかわりのない立場で書かれた。

知的なエピステーメーとしてでなしに魂を対象とするといっても、筆者は決して神秘家でもなく幻視家でもない。むしろ、プロティノスの勧めるように「眼の見るものを外へ捨てる」(『エンネアデス』1) ことのできぬ人間であるからこそ、不可視のものに形を与える人間の想像力に興味をそそられたのである。

一九八一年盛夏　著者

新版刊行にあたって

長らく品切れになっていた小著が、このほどUブックスの一巻として再び日の目を見ることとなった。このさい、意に満たぬ箇所を多少とも補うつもりで、本文の数ケ所に手を入れた。初版のときお世話になった白水社編集部の森田哲康・鶴ヶ谷真一の両氏に加え、このたびの「魂の形の復活」に尽力して下さった山本康氏に、あつく御礼申し上げる。

一九九六年正月　多田智満子

解説　風のゆくえ

金沢百枝

本書は、同人誌『饗宴』（書肆林檎屋刊）の二号から八号に、一九七六年秋から一九八〇年冬にかけて書かれた同タイトルのエッセイをまとめたものである。一九八一年、白水社から単行本として出版されるに際して、多少の加筆が施された。一九九六年、同じく白水社からuブックスの一巻として発刊されたが、現在は絶版となっている。このたび、ちくま学芸文庫の一冊として再刊されることで、ひとりでも多く、多田智満子作品の魅力を知っていただけたら、一愛読者として、これほどうれしいことはない。

詩人・多田智満子の文筆活動の幅は広い。一九五六年に初詩集『花火』を刊行して以降、妻として、一男一女の母として、そして大学人としてつとめつつ、間断なく、作品を世に出し続けた。遺句集『風のかたみ』（二〇〇四年）や歌集『遊星の人』（二〇〇五年）まで、詩の形式にこだわらない作詩を行った。自由詩がもっとも多いが、短歌、俳句、謡曲もつくった。出版した作品は『定本 多田智満子詩集』を含めると詩集が十七冊、翻訳が十冊、そしてエッセイ十冊と、じつに実り多い。本書『魂の形について』はそうしたエッセイのひとつである。

本論に入るまえに、簡単に著者について紹介しよう。多田智満子は一九三〇年、福岡県北九州市若松に多田精一の次女として生まれ、幼年期から少女時代を京都、東京などで暮らした。『プルターク英雄伝』と『平家物語』を愛読。疎開中は母方の家族がいる滋賀にいたが、桜蔭高等女学校時代から詩を書きはじめていたようだ。一九五一年、東京女子大学外国語科に入学、矢川澄子と親交を結ぶ。この頃、ポール・リーチ神父にフランス語・文学の個人指導を受ける。その後、慶應義塾大学文学部英文科に編入し、夫の加藤信行と出会う。一九五六年に結婚して、神戸、六甲山麓に移り住む。先述のとおり半世紀近く、たゆまず文筆活動を続け、一九八七年からは英知大学に教授として就任。二〇〇一年十一月、子宮頸癌が発見され、神戸大学医学部付属病院に入院。二〇〇二年、六甲病院緩和ケア病棟に入院、二〇〇三年一月二十三日に永眠した。

名文家として知られるが、本性的に詩人であった。「「私」でない人」という小文によると彼女にとって詩人とは、「胸のうちに詩という鬼を飼っている人間」であり、「詩人は誰でもあって誰でもない」ひとで、「世界の中心に位置し」「無限の曼荼羅を支配する」。同時に、「疎外されていて、世界の縁辺つまり頁の余白みたいなところにしか棲み家をもたない」人をさした。

しかし、多田智満子は「棲み家」を、古代ギリシア・ローマや古代エジプトという眷恋の地をもっていた。彼女自身の言葉でいえば、彼女は「漫画的なヘレニスト」で「三千年は時代遅れな人間」「自発的な化石」であった。少女時代に『プルターク英雄伝』に親しみ、思春期には初期ギリシア哲学者たちの詩的な文章に憧れた。大学に入る頃には「文学少女」ならぬ「哲学少女」だったと語っている。後に、古代ギリシアに憧れ続けたローマ皇帝ハドリアヌスを主人公とする小説を翻訳することになったのも、宿命といえよう。当時、アメリカでベストセラーになっていたフランスの作家マルグリット・ユルスナール『ハドリアヌス帝の回想』。夫君がアメリカからお土産に持ち帰ったその本に惚れ込んで、翻訳を手がけた。その後、『サン゠ジョン・ペルス詩集』、マルセル・シュウォッブ『少年十字軍』、アンリ・ボスコ『ズボンをはいたロバ』など仏文学ばかりでなく、晩年にはイギリスの詩人ロバート・グレーヴス『この私、クラウディウス』の小説の翻訳も手がけた。

優れた随筆家でもあった。わたしは晩年の『十五歳の桃源郷』や『犬隠しの庭』のような身辺雑記的なやわらかい文体が好きだが、本書『魂の形について』や『鏡のテオーリア』のような硬質なエッセイも味わい深い。古今東西の詩、神話、哲学を自在に往来する姿に、ひとりの人間のなかにこれほどの知的広がりがありうるのかと瞠目する。しかも、研究者の文章と違って晦渋にならず、軽やかな筆致でウィットに富み、読後には、彼女の詩歌とも通じる独自の世界観が垣間見える。

『魂の形について』は九章から成るが、あえて分類するならば、次の四部に分けられるだろう。

一、魂の語源、日本や中国の神話や伝承、漢詩など（第1章から第3章）
二、古代エジプトとギリシア（第4章から第7章）
三、魂の計量について、主にキリスト教における魂について（第8章）
四、血を吸う魂、インド神話の神ブラフマンの心臓が蓮の花（第9章）

とくに最終章は、インド神話において、蓮は天地開闢に先立って開いた原初の花であるということから、蓮と宇宙について論じるが、その根本には、後述するとおり、「薔薇宇宙」という原初的体験が重ねられている。多田はこのエッセイを以下のように締めくくっている。

> しかし魂について人が想いめぐらすことは、みな夢のように根拠がなく、夢のように真実なのではあるまいか。（中略）なぜかといえば人間は偶然の組立てた機械ではなく、その存在は全宇宙を反映しているからである。天地を循環する水で身を養い、風を呼吸し、眼に星辰を映し、そして見えないものについて思いをめぐらすかぎり、人は無辺際の虚空を蔵した存在であり続けるであろう。（後略）

つまり、多田にとって「魂の形」について語ることは、生死のあわいに思いを馳せ、森羅万象と内的宇宙の相互を冷静に見続ける行為であった。ようするに、多田の文学世界の核にある一書なのである。

では、どのようにしてこの該博なアルテミスが生まれたのか。ドイツ文学翻訳家で東京女子大学時代の同級生だった矢川澄子に寄せた追悼文のなかで、矢川が「わたしは智満子さんの影響を受けるのに智満子さんはわたしの影響を受けない」と多田を責めると、その場にいあわせた詩人の高橋睦郎が冗談めかして「多田さんは誰の影響も受けないのだよ」と答えたと回想している。たしかに多田は、慶應義塾大学時代に師事した西脇順三郎とも適度な精神的距離をとっていたように思われる。矢川の関係で知り合った澁澤龍彥やシュルレアリスム関係者とも、多田の葬儀委員長をつとめた高橋睦郎や鷲巣繁男、白石かずことも親しかったようだが、影響関係というとどうであろう。アルゼンチンの作家ホルへ・ルイス・ボルヘスについては、「主題と好みが似ている」が影響関係はきっぱりと否定している。むしろ、多田の文章やインタヴューをみてゆくと、十七世紀オランダの哲学者スピノザ、フランスの哲学者ガストン・バシュラールやロジェ・カイヨワ、比較宗教学者のミルチャ・エリアーデなどの名前が浮かび上がる。永遠の相のもとに汎神論を説いたスピノザについては処女詩集で「ひとつのレンズ」という詩を捧げているほどだ。永遠の観照(テオーリア)のためにレンズを磨き続けるスピノザ好きな彼女が、自分の身を現実世界から引き離して、古代世界に向かったのは必然だったような気がする。

『神々の指紋』のあとがきで多田も「めまぐるしい〈現代〉からぐっと距離をおいて生きるという習性」を身につけると、「きわめて長い視線のもとに世界を眺めわたす楽しみを手に入れたような気がする」と書いている。その透明な視線は、常に諦観に似た落ち着きがあるものの、そこにはつねにユーモアに満ちた明るさがある。『サン゠ジョン・ペルス詩集』のあとがきで、サン＝ジョン・ペルスの詩のもつ「ハ長調的率直さはすでに一つのショック」と評しているが、それは自身にも言えることではなかったろうか。人間よりも獣、大樹、花々に心を寄せた詩人は、古代世界という「装置」をつかって自己を現代から隔絶することで、至福に満ちた詩歌の数々をうたった。詩人はエジプトで「サッカーラの砂はさらさら、ギザの砂はざらざら」とうたいながら、ファラオの影像をちょっとなめてみる。樽のなかに住む犬儒派ディオゲネスは、挨拶に訪ねたアレクサンドロス大王に日陰になるから邪魔だと言い放ったという故事にちなんで、以下のように謳う。すばらしく、楽しげだ。

ねころぶ

若い大王を追い払い
哲人は鼻唄まじりで日なたぼっこ
それ哲人は樽の中
アルキメデスは風呂の中
メリザンドは塔の中

秘仏は厨子の中
異物は気管支の中
(哲人は思い出したように咳払い)
マント狒々はマントの中
赤ちゃんはおなかの中
もなかのあんこはもなかの中
かくて歴史は永遠の中

(『蓮喰いびと』所収)

精神科の医師（神谷美恵子だという説もある。スイス育ちの神谷に多田はギリシア語を習っていた時期がある）が行った実験の被験者としてLSDを服用し、薔薇宇宙の幻を見たことは、その後の多田の詩に大きな影響を与えた。きわめて重要だと思われるので、エッセイ「薔薇宇宙の発生」から、やや長いが引用しよう。

私は詩をつくる癖のある人間だから、まずその薔薇体験に詩の形をとらせることを考えた。（中略）私はその詩が私の原体験の近似値であることを期待したのだが、出来上がった作品は私の体験した薔薇宇宙のパロディーにすぎなくて、私は自分の作詩の拙劣さを棚にあげて、その後、しばらくの間、言語に対する徹底的な不信に陥ってしまった。（中略）外界が日常的自我と対応しているように、超現実は内的現実と対応している。――このホモロジーを認めないかぎり、いかに詩人がシュルレアリスムを標榜し、それらしき詩を書こうとも、それは単なるコトバだけの業にすぎない。（中略）私の薔薇宇宙において、存在は世界の中心から無数にそして無限に、生成し展開していた。そして存在はすべて相似であり、時間とは生成と展開の繰り返しの別名であった。コトバであらわせばそれはおそろしく単純で単調なものだが、この眼で見ているかぎり、それは片時も緊張を弛めることを許さない、ギリギリいっぱいの実在感でもって私の全霊を支配した。そしてその前で言葉は敗退したのである。

　しかし、視点を変えてみれば、言葉とはまさしくこうしたものなのだ。（中略）これは考えてみれば詩学の初歩ともいうべき自明の理なのであった。（中略）なんとなれば、詩とはふつう用いられるような意味での表現でないから。つまり詩は伝達の手段ではないからだ。詩は、意味するものと意味されるものとの間の、ある空隙――ひとつの仮定的空間――に宿るべきものなのだ。

先に述べたように『魂の形について』の最終章にも登場するが、多弁の花が宇宙となるイメージは、多田の詩歌にくりかえされた。癌を患い死期を悟った後の歌に以下のようなものがある。

はなびらの波くぐりゆくはなむぐり知らずや薔薇は底なしの淵

白牡丹の襞の奥へとはなむぐりもぐりもぐりて恍惚の死や

薔薇宇宙のイメージは終生彼女とともにあったのである。

詩をみてゆくと、『魂の形について』と関連する詩句やエッセイもある。遺句集『封を切ると』には、エッセイの第1章に登場する母の幽霊と関連する句もある。

魂魄やあぢさいは色あせやすき

これが母の霊とどう関連するのか。『十五歳の桃源郷』所収のエッセイ「宛先不明」に描かれた十三回忌の後にみた夢によって明らかになる。詩人は次のように、母に宛てて長い手紙を書いている。

「お母さんが亡くなった夜、むしあつい庭の奥に、こんもりとまるいあじさいの花が、青ざめたぼんぼりのように、内側から明るんで咲いていて、まるで人魂のように見えましたが、あれはほんとうはお母さんだったのではありませんか」

人魂のような青いあじさいの花。母の魂が色あせやすいとはどういう意味だろう。別の詩では「目の数が足りないのかもしれない　わたしときたら幽霊も見えないのだ」と自嘲気味に書いている。魂の形については終生、思いめぐらせていたようで、晩年の句や謡曲にもみられる。

たとえば、『封を切ると』には以下の句がある。

（魂の秤といふ言葉あり）
蛍のせて冥き秤は傾かず

また、謡曲『乙女山姥』の「そのときの汝が魂の形は　蛍なりや蝶なりや　まなこ玉なす蜻蛉（せいれい）なりや　必ずわがふところに飛びきたつて　永遠（とは）にやすらふさだめなれば」などである。魂というテーマは、よせてはかえす波のように詩人の脳裏に浮かんでいたのだろう。もしもいつか、アスフォルデスの野の果て、冥界でお会いすることができるならば、蛇足ながら、わたしが専門としている中世キリスト教図像学の観点から「魂の形について」お伝えしたい。

古代ギリシア世界を愛した詩人は、キリスト教世界とはやや距離をとっていたようだ。しかし、聖書の世界には十分に通じていた。ヴェネツィアのサン・マルコ大聖堂を訪れたときにつくったとされる、

無花果の葉をもて胸は覆ふべし神の取りたる肋骨のあと

という歌があるが、詩人はこのとき、同じ天蓋モザイクにある「アダムの創造」を見ただろうか。『魂の形について』の第8章では、中世キリスト教世界における魂は「つねに人間の形」と書かれているが、このモザイク画では蝶の羽をつけた童子姿の魂が、創造主からアダムに向かって飛んでいることに気づいただろうか（図1）。第2章でも触れている蝶＝プシュケー的な魂の姿である。アダムの創造場面で、土で作ったアダムに生命の息吹を吹き込む、すなわち魂を吹き込む場面において、魂は小さな人間以外、小鳥、光、炎の

形をとる場合もある（一八八―八九頁の図2から4）。

キリスト教美術において、魂が人間の姿で描かれる印象が強いのは、ひとえに「最後の審判」場面のイメージが強いからに違いない。天国、煉獄、地獄にいる魂が人の形をとるからこそ、楽園での喜びや地獄の苦しみが見るものの心を揺さぶるのだ。

人型の魂は、魂の葛藤という場面でも登場する。この世のしがらみに絡みとられ身動きがとれないという状況なのか、ひとが蔓草に足をとられてもがく様子がしばしば聖堂装飾や写本の文字装飾に使われる（一八九頁の図5）。これなどは、植物がお好きだったから、おもしろがってもらえるかもしれない。

図1　蝶の羽をつけたプシュケーとしての魂のいる「アダムの創造」ヴェネツィア、サン・マルコ聖堂天蓋モザイク（部分）、13世紀

最後に第3章。ヤマトタケルの魂が白鳥になったという伝承から、水鳥もしばしば魂の形となる。その理由を「夜啼くという習性が神秘をもよおすからではないか」と仮説を述べているが、中世ヨー

図2（上）　小鳥としての魂　「アダムの創造」、『パンテオンの聖書』ヴァチカン図書館 Vat. lat. 12958 f .4v, 1076-1125年

図3（下）　火としての魂　「アダムの創造」『道徳されたオウィディウス』パリ国立図書館 Ms. Fr. 871, f. 1, 15世紀

図4（上）　光としての魂「アダムの創造」、モンレアーレ大聖堂身廊モザイク、12世紀

図5（下）　魂の葛藤、イギリス、ビレズリー教区聖堂彫刻、12世紀

ロッパでは渡り鳥（多くは水鳥）は魂を運ぶと考えられていた。春になるとアフリカからヨーロッパへ飛来するコウノトリのように、あちらの世界とこちらの世界を往来する渡り鳥は魂の運び手と考えられた。したがって、コウノトリは新生児の魂を運んだのである。この考え方は、ヨーロッパの古層ともいえるケルト文化から、中世ヨーロッパが引き継いだものとされる。

古代ギリシア好きの詩人とキリスト教美術が専門のわたしの接点は、蛇だった。二〇〇〇年の六月、広島で開かれた地中海学会でわたしは「古代地中海の怪物ケートスの系譜とドラゴンの誕生」という題名で発表をした。多田さんの好きな古代ギリシアの海獣が中世ヨーロッパにおいてどのように変貌するかという内容だった。その発表を気に入ってくださったようで、昼食をご一緒した。蛇についての話が多かったように思う。わたしは多田さんの翻訳が大好きで、訳文の美しさに惚れこみ、彼女が訳しているものを追いかけるように、すべて読んだ。多田ファンのつもりだったが、わたしが翻訳しか読んでいないことを知ると、すこしさみしげに「詩も読んでね」と念を押された。その後、どこかで透明な石鹸のなかに蛇が泳いでいるような妙なものをみつけたので、詩の感想とともに送った。ロンドン留学から帰ってきたら、留守番電話にお礼が録音されていた。録音を残しておけば家宝になったのにと後悔している。そのときにはすでに病床にあったことを、後から知った。

今、魂のゆくすえがわからない、不安な状況下に多田さんがいらっしゃらなくてよかったと思う。それとも、こんななかでも、彼女のおおらかな魂は草原を渡る風のように颯爽と駆け抜けただろうか。遥か遠くを見ている透明なまなざしのひとの詩や文章を読んでいると、心のざわつきがおさまる。

（かなざわ・ももえ　中世ヨーロッパ美術史　多摩美術大学教授）

ちくま学芸文庫

魂（たましい）の形（かたち）について

二〇二一年十一月十日　第一刷発行

著者　多田智満子（ただ・ちまこ）
発行者　喜入冬子
発行所　株式会社　筑摩書房
東京都台東区蔵前二―五―三　〒一一一―八七五五
電話番号　〇三―五六八七―二六〇一（代表）
装幀者　安野光雅
印刷所　中央精版印刷株式会社
製本所　中央精版印刷株式会社

ISBN978-4-480-51083-9 C0195